AF288112

Benefiz
Sabine Lehmbeck

BENEFIZ

Sabine Lehmbeck

Inhalt

„Es ist nie zu spät, so zu sein,
wie man es gerne gewesen wäre."

(George Eliot)

Jahreswechsel 2022/2023

1 | Karla

Verschlafen schlurfte Karla in die Küche.

„Oh, auch schon aufgestanden ... Geh bitte noch was einkaufen! Mama macht nachher den Nachtisch. Alles andere bringen die Nachbarn mit." Alexander drückte ihr ein Portemonnaie und einen Einkaufszettel in die Hand.

„Darf ich wenigstens vorher noch was frühstücken? Außerdem will ich gar nicht mit euch und den blöden Nachbarn feiern." Karla knallte das Portemonnaie samt Einkaufszettel auf den Küchentisch und holte sich Milch aus dem Kühlschrank.

„Bitte?" Alexander schaute sie stirnrunzelnd an.

„Ich will ins Vereinsheim. Die anderen vom Fußball sind da auch. Und bevor du wieder meckerst: Es gibt nur Bier, keine harten Sachen." Karla gähnte.

„Du bist noch keine 18!", wendete Alexander streng ein.

„Mann, unser Trainer passt schon auf." Karla rollte mit den Augen.

„Ich kenne aber kaum jemanden aus deinem Verein."

„Schon klar!" Karla guckte ihm direkt in die Augen. „Dir sind meine Leute total egal. Du kommst nie zu meinen Punktspielen!" Sie wurde immer lauter. „Zu Bens beschissenen Schwimmwettbewerben gehst du natürlich immer!"

„Stopp!" Alexander fasste sich an die Schläfe. „Nicht schon wieder dieses Thema!" Er kramte in der Besteckschublade und schob sie dann energisch mit dem Knie zu.

„Ich hab mir eingebildet, dass du gerne mit uns feierst. Ist doch vielleicht das letzte Mal. Mama war auch der Meinung." Alexander biss von seiner Stulle ab. „Paula kommt doch auch."

Karla hasste sein Genuschel mit vollem Mund. Für einen kurzen Moment wurde sie hellhörig, weil sie Paula mochte. Doch dann ließ sie resigniert den Kopf hängen.

„Wo ist Mama eigentlich?"

Alexander kaute weiter und schluckte alles herunter, bevor er antwortete. „Die jobbt doch heute beim Bäcker."

„Ausgerechnet Silvester!"

„Na ja, heute ist viel zu tun und sie will sich ein bisschen Urlaubsgeld dazuverdienen. Vielleicht kann sie auch Berliner mitbringen."

„Übrigens geh ich nächste Woche auch zur Party von Matti." Karla schüttete Müsli in eine Schüssel.

„Ich denke nicht, dass du das tust." Alexander schaute sie mit scharfem Blick an. „Wie willst du denn dein Abitur schaffen, wenn du ständig feiern gehst?"

Plötzlich wurde Karla ganz heiß. „Du kannst mir gar nix verbieten!" Sie stampfte mit dem Fuß auf. „Du bist ja nicht ..." Sie stockte.

Alexander riss die Augen auf. „Was bin ich nicht?"

„Mein Vater." Sie schaute erst ihn an und dann zu Boden.

„Woher ...?", stammelte Alexander. Er blickte sich hilfesuchend um.

„Mama hat es mir gesagt!", rief Karla und rannte aus der Küche. Sie riss ihre Jacke vom Haken und ließ die Wohnungstür mit einem Knall ins Schloss fallen.

Karla benötigte fast eine Stunde zum Café beim Planetarium. Sie brauchte frische Luft und ging die Hälfte der Strecke zu Fuß, bevor sie die U-Bahn Richtung Lattenkamp nahm. Ihre Oma Sima saß schon an einem Tisch und winkte ihr fröhlich zu.

Karla umarmte sie, schälte sich aus ihrer dicken Jacke und ließ sich auf einen Stuhl plumpsen. Zwei Teller mit Schokoladenkuchen und Getränke standen schon bereit.

„Ach, Omi, du weißt immer genau, was ich brauche." Karla warf ihrer Großmutter einen Luftkuss zu und griff zur Gabel.

Sie stopfte das Kuchenstück in sich hinein.

„Mama und Papa ... also Mama und Alexander kapieren es nicht." Karla schaute ihre Oma auffordernd an.

„Was kapieren sie nicht?" Sima nahm einen Schluck Kaffee.

„Alexander will nicht, dass ich ins Vereinsheim zur Party gehe! Und wenn er Nein sagt, erlaubt es Mama garantiert auch nicht."

„Da sind doch praktisch nur kleine Mädchen, was sollten sie denn dagegen haben?" Sima lächelte Karla an.

„Klein? Omi, wir sind alle 17 und älter. Und es sind auch Männer da!"

Karla schob ihren Teller von sich. „Ich hab mich vorhin heftig mit Alexander gestritten", verriet sie dann.

„Ach, Kind, du weißt doch, wie dein Vater ist." Sorgfältig legte Sima ihre Kuchengabel auf die Serviette.

„Nee, weiß ich eben nicht. Wie soll ich das auch wissen, wenn ich meinen leiblichen Vater gar nicht kenne? Alexander ist doch gar nicht mein Papa!", platzte es aus Karla heraus.

„Was? Sag das nochmal." Sima schien verwirrt.

Karla schwitzte. „Omi, du weißt es doch auch!", rief sie lauter als beabsichtigt.

Sima nickte zögerlich.

„Ja, also ...", stotterte sie. Sima legte ihre Hand auf Karlas Hand. Die zog sie jedoch sofort weg.

„Komm, sei ehrlich!" Karla reckte das Kinn nach vorne.

Sima schaute Karla traurig an, dann nickte sie wieder.

„Ja, geahnt hab ich es schon länger. Du hast nichts von Alexander, weder äußerlich noch vom Wesen her. Und deine Mutter wirkte in der Schwangerschaft und nach der Geburt völlig neben der Spur. Ich kenne doch meine Yasmina durch und durch. Vor ein paar Jahren habe ich Mama dann darauf angesprochen und sie hat es mir gebeichtet." Sima atmete tief durch.

„Aber Kind, woher weißt du es denn?"

„Es ist Mama am Tag nach Weihnachten rausgerutscht. Wir hatten Stress und ich habe mich mal wieder über Alexander aufgeregt. Sie war so fertig und dann hat sie es mir gesagt."

„Oh je", raunte Sima und suchte nach einem Taschentuch in ihrer Handtasche.

„Na ja, besser so." Karla streckte ihren Rücken durch. „Ich bin ja eigentlich für Klartext. Nun weiß ich endlich, warum er zu mir immer so ätzend war." Sie hob ihre Tasse und trank ihren Kakao in einem Zug leer.

„Sie hätten es dir gemeinsam in Ruhe sagen müssen."

Wieder legte Sima ihre Hand auf Karlas Hand. Diesmal ließ Karla sie gewähren und guckte mit leerem Blick über Simas Kopf hinweg zum Nachbartisch, an dem eine vierköpfige Familie saß.

„Omi, was hätte das geändert?", erwiderte Karla mit bebender Stimme.

Sima schwieg.

„Ihr habt echt alle gelogen. So lange!" Karla schlug auf die Tischplatte und stand auf.

„Pssst, nicht so laut", entfuhr es ihrer Großmutter. „Komm her, mein Kind, alles wird gut." Sima breitete ihre Arme aus.

„Nein, wird es eben nicht. Nicht so."

Karla ließ sich wieder auf den Stuhl sinken. Aber sie saß nur auf der vorderen Kante mit der Jacke im Arm, wie eine Katze, zum Sprung bereit.

„Weißt du, ich geh nachher ins Vereinsheim und es ist mir egal, ob ihr euch Sorgen macht! Ich bin alt genug, um auf mich selbst aufzupassen", sagte sie nun mit festerer Stimme.

Schweißperlen bildeten sich auf Karlas Stirn. Ruckartig stand sie auf.

Karla drückte ihre Großmutter kurz an sich und verließ mit schnellen Schritten das Café.

Völlig außer Atem kam Karla am Vereinsgelände an. Sie hatte sich noch fast zwei Stunden lang im Fitnesscenter ausgepowert. Schneeregen hatte eingesetzt. Ihre Wangen und ihre Nase waren eiskalt, aber innerlich glühte sie. Für einen

Moment hatte sie überlegt, nach dem Krafttraining noch nach Hause zu fahren, aber die Vorstellung, dass dort Alexander und ihre Mutter auf heile Familie machen würden, hielt sie davon ab.

Zögerlich öffnete Karla die Tür. Laute Musik und Stimmengewirr schlugen ihr entgegen. Im Vereinsheim roch es noch stärker nach Schweiß und Bier als sonst.

Konfetti lag in rauen Mengen auf den Tischen und auf dem Boden des Clubraums. Vor lauter Menschen sah Karla zwei ihrer Teamkolleginnen erst, als sie ihr so kräftig zuwinkten, dass ihre glänzenden Hüte wippten. Zaghaft winkte sie zurück.

Karla wunderte sich. Die Vereinsvorsitzende Melanie wollte doch vor der Feier noch eine Sitzung abhalten. Nach dem letzten Training hatte Melanie gefragt, ob es Themenvorschläge für die Jahreshauptversammlung gebe. Sie wollten darüber sprechen, wie in Zukunft in allen Sparten effektiver trainiert werden könnte und ob man im Sommer wieder ein Fußball-Camp mit Einzeltraining anbieten sollte.

Karla schaute sich suchend um, doch sie konnte Melanie nirgends entdecken. Auch ihre Freundin Elif war noch nicht da. Dafür sah sie aus dem Augenwinkel, wie Vincent von der Theke auf sie zukam. Wie konnte er immer so cool sein? Sie beneidete ihn darum. Er begrüßte sie mit einer Ghettofaust und kaute betont lässig auf seinem Kaugummi herum.

„Hey, meine Schöne, was geht?" Vincent grinste Karla frech an. Karla zuckte mit den Schultern.

„Ihr seid ja schon alle bestens gelaunt." Sie stellte ihren Rucksack auf einer Bierzeltbank ab. „Ich dachte, erst kommt die Sitzung und dann die Party."

Karla schob sich die Ärmel ihres Hoodies hoch.

„Die Sitzung wird wohl gleich losgehen, aber Fabian hatte doch Geburtstag und hat 'ne Runde geschmissen. Nun glühen wir ein bisschen vor. Komm, wir holen dir auch was. Und zieh nicht so 'ne Schnute, Mädchen." Vincent hakte Karla unter und schleppte sie mit an den Tresen.

Karla probierte ein Lächeln, aber es gelang ihr nicht. Ihr war nicht nach Alkohol zumute. Sie entschied sich trotzdem für ein Bier, weil sie nicht als Spaßbremse dastehen wollte.

„Irgendwas ist doch los. Mir kannst du nichts vormachen, Karla. Du bist wie ein offenes Buch." Vincent prostete ihr aufmunternd zu.

„Frauenprobleme", sagte sie leise.

„Ach so." Er stellte sein Bierglas auf dem Tresen ab und hob abwehrend die Hände in die Luft. „Dann stelle ich wohl besser keine weiteren Fragen."

Sie war froh, dass Vincent nicht weiterbohrte. Normalerweise plauderten sie angeregt miteinander und veräppelten sich gegenseitig. Er war der beste Torwart, den die 1. Herrenmannschaft je hatte und Karla war als schnelle und dribblingstarke Mittelfeldspielerin der Damenmannschaft in aller Munde. Vor ein paar Wochen hatten sie sich in Vincents Auto geküsst. Es hatte sich für Karla gut angefühlt. Als Vincent dann aber Anstalten gemacht hatte, ihr den Pulli auszuziehen, hatte sie ihn sanft gestoppt. Er hatte sofort aufgehört und ihr verständnisvoll die Wange gestreichelt.

Karla mochte Vincent sehr, aber sie schwärmte eigentlich für einen Jungen aus der Stufe unter ihr.

Vincent und sie hatten abgemacht, dass sie irgendwann mal miteinander schlafen wollten, aber es war ihnen beiden klar, dass sie nicht ineinander verliebt waren.

Vincent stützte sich mit dem Ellenbogen auf der Theke ab. „Mein Dad will das nicht mit dem Sichtungstraining in Wolfsburg. Er meint, dass ich BWL studieren soll. Sicherer Job und viel Geld verdienen ... so wie er. Nie zu Hause, ständig in der Gegend rumjetten und keine Zeit für die Familie. Sehr erstrebenswert." Vincent stöhnte. „Dein Vater kommt mir wesentlich entspannter vor."

Karla lachte gequält auf und schüttelte zögerlich den Kopf. Wenn Vincent wüsste, dachte sie. Sie rutschte auf dem Barhocker hin und her.

„Äh, also, als Profifußballer bist du auch ständig unterwegs." Mehr fiel ihr so schnell nicht ein.

„Ja, stimmt. Aber das ist ja das, was ich unbedingt machen will. Und das macht man ja auch nur ein paar Jahre. Und wenn es gut läuft, kriegt man auch ordentlich Kohle."

Karla nickte. „Du kannst doch trotzdem nach Wolfsburg fahren und dann weitergucken. Schließlich bist du volljährig, lass dir bloß von deinem Vater nicht immer überall reinquatschen!"

Plötzlich krampfte sich Karlas Unterleib zusammen. Vom Bier hatte sie zwar nur ein paar Schlucke genommen, aber sie hatte seit dem Frühstück außer dem Stück Kuchen im Café nichts mehr gegessen. Mit so wenig im Magen vertrug sie nicht einmal das bisschen Alkohol.

„Sorry, mir ist schlecht", erklärte sie und lief zur Toilette. In der Kabine stützte sie ihren Kopf auf ihre Hände. Sie war erleichtert, dass sonst niemand auf dem Damenklo war und sie in Ruhe ihren Gedanken nachhängen konnte.

Karlas Mutter Yasmina hatte in den letzten Tagen versucht, mit Karla über ihren leiblichen Vater zu reden. Sie wollte ihr den Ausrutscher erklären.

Ihre Mutter hatte von Alexander in den höchsten Tönen gesprochen, weil er nach einer gewissen Zeit Karla wie seine eigene Tochter behandelt und ihrer Mutter keine große Szene gemacht hatte.

Doch Karla wollte das alles nicht hören. Seit Tagen stand sie unter Schock. Kapierte denn niemand, wie sie sich fühlte? Welch ein Verrat! Ihre Mutter kam ihr so enorm schwach vor. Schwach und naiv. Erst fremdgehen und dann keine klaren Verhältnisse schaffen, das war typisch für sie!

Karla wäre nicht darauf gekommen, dass Alexander nicht ihr Erzeuger war. Oder hatte sie es vielleicht nicht merken wollen? Hatte sie womöglich doch Ahnungen gehabt und diese verdrängt?

Nach und nach sah sie Szenen aus ihrer Kindheit vor sich. Alexander hatte, solange sie denken konnte, immer wenig von sich preisgegeben.

Nun ergab das alles einen Sinn, dass er Karla so selten berührte, dass er sich praktisch immer steif machte, wenn sie ihn umarmen wollte.

Es gab jedoch ein Foto, auf dem schaukelte sie und Alexander gab ihr Anschwung. Das hatte sie immer gemocht.

Oft war Alexander streng und reagierte wenig verständnisvoll, aber so ging er auch mit seiner Tochter Jette und seinem Sohn Ben um. Alexander war schlichtweg ein sachlicher, langweiliger Typ.

Karlas Magen rebellierte vor Stress.

War Jette denn überhaupt Alexanders Tochter oder am Ende auch ein Kuckuckskind? Jette hatte mehrere Jahre dauerhaft bei ihnen gewohnt, bevor sie zum Studium nach Leipzig gegangen war. Auch vorher hatte sie immer mal wochenweise bei ihnen gelebt. Jette war angeblich Alexanders Tochter aus einer früheren Beziehung. Jettes Mutter war ohne ihre Tochter ausgewandert, als diese erst 14 war. Ohne lange zu überlegen, hatten Alexander und Yasmina Jette damals bei sich aufgenommen.

Das Verhältnis zwischen Karla und Jette war erstaunlich entspannt gewesen. Karla hatte mit Jette eine große Schwester bekommen und war glücklich darüber. Sie bewunderte sie oft für ihre verrückten Ideen. In letzter Zeit hatten sie wenig voneinander gehört. Nun wurde Karla bewusst, dass Jette und sie überhaupt nicht blutsverwandt waren.

Und was war mit ihrem kleinen Bruder? In diesem Moment begriff Karla auch, dass Ben nur ihr Halbbruder war, wenn sie einen anderen Vater hatte als er. Oder war auch Ben von einem anderen Mann und damit nicht Alexanders Sohn?

Wilde Gedanken schossen Karla wie spitze Pfeile durch den Kopf.

Sie starrte die Kabinentür der Toilette an und rieb sich ihren Bauch. Die Tür schien immer näher zu kommen. Ihr war heiß und schwindelig. Wahrscheinlich bekam sie zu allem Überfluss nun wirklich ihre Tage.

Karlas Mutter Yasmina hatte immer viel gejobbt und sich stets ehrenamtlich engagiert. Als dann vor acht Jahren Ben geboren wurde, fand sie noch weniger Zeit für Karla. Trotzdem hatten sie bis vor Kurzem manchmal abends noch gekuschelt, sie hatten über dieselben Gags gelacht und waren auch immer mal wieder zusammen bummeln gegangen, während Alexander mit Ben bei Schwimmwettbewerben war.

Doch allmählich wurde Karla klar, dass ihre Eltern sich beide nie für ihre große Leidenschaft interessiert hatten, obwohl ihre Mutter bei Familienfesten immer damit angegeben hatte, dass ihre Tochter so großartig Fußball spielte.

Mit Themen wie zu viel Druck im Training, Liebeskummer oder Schulstress war Karla fast immer zu ihrer Oma Sima gegangen. Karlas Opa Hamid hatte ihr auch manchmal bei Punktspielen zugejubelt, sich aber ansonsten meistens verzogen.

Als Ben klein war und ihre Mutter für ihn da sein musste, hatte Sima Karla fast immer zum Training gebracht. Oft mit Bus und Bahn.

Die meisten anderen Mädchen wurden von ihren Vätern oder Müttern mit großen Autos zum Trainingsgelände kutschiert.

Sima war auch oft bei den Punktspielen dabei gewesen. Sie verstand nicht viel von den Regeln, aber sie war begeistert vom Zusammenhalt unter den Mädchen. Sima jubelte, wenn Tore fielen, und tröstete Karla, wenn es mal nicht so gut lief. Außerdem unterhielt sie sich gerne mit der Mutter von Elif.

Karla hatte mal mitbekommen, dass ein Fan von der gegnerischen Mannschaft seinem Kumpel zugeraunt hatte: „Guck mal, die haben echt viele Türken im Verein. Bei uns ist es ja zum Glück noch nicht so."

Dabei hatte er auf Karlas Großeltern und Elifs Eltern gezeigt.

Karla hatte es nicht kommentiert und auch mit keinem darüber gesprochen.

Sie wusste, dass ihr Opa sich irrsinnig aufgeregt hätte. Er war ein stolzer Iraner und niemand hatte das Recht, ihn „Türke" zu nennen oder ihn in anderer Form rassistisch abzuwerten.

Zu Beginn der Pubertät wurde es Karla plötzlich peinlich, dass ihre Oma mit leichtem Akzent sprach, dass sie südländisch, ja, irgendwie anders aussah und meistens auch viel schlichter gekleidet war als die Großmütter und Mütter der anderen Spielerinnen.

Seit sie zwölf war, fuhr sie deshalb immer alleine mit dem Rad oder mit der S-Bahn zum Sportplatz.

Die Heimspiele ließ sich ihre Großmutter allerdings nicht nehmen. Manchmal kam sie auch mit ihrer Freundin Bea. Und darüber freute sich Karla mittlerweile wieder sehr und zeigte es sogar.

Von nebenan drangen Geräusche zu Karla herüber. Mehrere junge Frauen kamen polternd und kichernd in den

Waschraum, sie standen am Waschbecken und redeten über Lippenstifte und Make-up. Karla nahm das Gespräch nur dumpf wahr, doch sie erkannte Elifs Stimme.

Normalerweise hätte Karla ihre Freundin sofort laut und freudig begrüßt. „Elif, ich bin hier", stieß sie jetzt flüsternd hervor. Aber niemand schien sie zu hören.

Früher hatte Karla nie eine beste Freundin gehabt. Doch seit den letzten Sommerferien war das anders. Karla und Elif spielten schon seit drei Jahren zusammen Fußball, aber nun saß Elif auch im Chemie- und Englischkurs neben ihr und sie trafen sich öfter zu Hause, um für Klausuren zu lernen und zu quatschen. Außerdem gingen sie gemeinsam auf Konzerte.

Elif und die anderen Mädchen verließen den Toilettenraum wieder.

Karla war immer noch schwindelig zumute. Sie nickte kurz ein, bis sie davon hochschreckte, wie jemand an ihre Tür trommelte. „Hey, wie lange hockst du da schon drin? Andere müssen auch mal Pippi!"

Karla wusste nicht, zu wem die Stimme gehörte. Nur mühsam erhob sie sich von der Klobrille und spülte.

„Sorry", murmelte sie, als sie die Kabine verließ, und ging an dem stark geschminkten Mädchen vorbei. Das guckte sie nur genervt an.

Im Flur begegnete sie Elif. „Da bist du ja! Ich habe dich überall gesucht. Vincent hat sich auch schon Sorgen gemacht!" Elif drückte Karla an sich. Sie hatte eine Schnapsfahne.

„Sag mal, wie siehst du denn aus?" Elif betrachtete Karla von oben bis unten. „Du bist ja knallrot und total verschwitzt."

„Ich war auf dem Klo. Regelschmerzen", entgegnete Karla knapp.

„Okay." Elif kramte in ihrer Umhängetasche. „Hier hast du 'ne Tablette."

Karla nahm sie und steckte sie in ihre Hosentasche.

„Sonst haut dich das doch auch nicht so um. Komm, ich hab dir einen Platz freigehalten. Die wollen gleich mit der Versammlung anfangen."

Mit hängenden Schultern trabte Karla ihrer Freundin hinterher.

Karla konnte sich nicht konzentrieren. Die Vorsitzende Melanie faselte irgendwas von einem Benefizfestival für die Bürgerinitiative „Women Life Freedom".

Sie berichtete, dass der Überschuss bei dem Festival für den Freiheitskampf der Frauen im Iran gedacht war. Es sei dem Vorstand ein besonderes Anliegen, weil es im Verein zwei Personen gab, die iranische Wurzeln hatten.

Karla zuckte zusammen. Meinten die etwa auch sie damit? War dem Vorstand bekannt, dass ihre Oma sich schon seit längerer Zeit für die Frauenrechte in ihrem Heimatland einsetzte und Demos mitorganisierte? Wusste hier außer Elif irgendwer, dass ihre Großeltern aus dem Iran nach Deutschland gekommen waren?

Karla hatte das nie groß thematisiert. Die meisten glaubten wahrscheinlich, ihre Oma sei eine moderne Türkin oder

Kurdin, die ohne Kopftuch herumlief, dunkle Haare hatte, mit Akzent sprach und mit besonderen Gewürzen kochte.

Ein paar wenige murrten herum und meinten, das Geld wäre besser im Vereinsheim angelegt.

Carmen aus der Handballmannschaft befand, dass die Spende nicht nur für die Frauen sein sollte. Sie argumentierte, dass ja nicht nur Frauen für die Rechte im Iran kämpfen würden.

Vincent hielt dagegen, dass die Frauen schließlich am meisten gefährdet waren und am mutigsten kämpften, auch für die Rechte der Männer. Er sagte, dass er ihren Mut bewunderte.

Karla wurde kurz warm ums Herz.

Die Mehrheit war dafür, das Festival zu unterstützen. Der größte Sponsor des Vereins – eine Hamburger Versicherung – würde das Event mitfinanzieren. Vincent schlug vor, einen Batzen Karten für den Verein zu kaufen.

Elif stupste Karla an. „Ich kann auch Karten besorgen. Meine Schwester hat mir schon davon erzählt, ihre Freundin singt da in einem Background-Chor mit", flüsterte sie aufgeregt.

Karla nickte abwesend. Von den weiteren Tagesordnungspunkten bekam sie nur Satzfetzen mit. Es ging um Geld, Reparaturen und ein Jubiläum im neuen Jahr. Ihr Trainer Fabian erzählte etwas von einem Drogenverdacht. Karla war das in diesem Moment alles egal.

Drei junge Turnerinnen wurden noch mit Urkunden geehrt und dann schloss Melanie die Sitzung.

Fabian reichte Karla ein Glas Sekt. „Karla, auf ein erfolgreiches 2023!" Er schlug sein Glas an Karlas Glas und umarmte sie.

Karla trank nichts und stellte das Sektglas auf einen Tisch. „An Silvester wird doch erst um Mitternacht angestoßen", warf sie ein.

„Ach, das sehen wir heute mal nicht so eng." Fabian zog eine Packung Zigaretten aus seiner Jogginghose und guckte Karla stirnrunzelnd an. „Ich denke, wir schaffen den Aufstieg!", prognostizierte er und drehte sich zu Elif.

„Aber klar!" Elif reckte zwei Fäuste in die Höhe. „Lass uns eine rauchen", sagte sie zu Fabian und ging mit ihm Richtung Außengelände.

Auf einmal spürte Karla, dass sie einen Mordshunger hatte. Sie schaufelte Erdnussflips in sich hinein, bis sich ihr Magen wie ein einziger Klumpen anfühlte.

Dann holte sie sich ein Glas Wasser. Gedankenverloren legte sie sich die Schmerztablette von Elif auf die Zunge und spülte sie mit dem Wasser herunter.

Die meisten aus Karlas Mannschaft feierten sehr ausgelassen. Doch Karla hatte nur den einen Wunsch, die Bettdecke über sich zu ziehen und in einem anderen Leben aufzuwachen.

Nach einer Weile kam Elif wieder rein und zog sie auf die Tanzfläche. Die wummernden Bässe nervten Karla extrem. Alles um sie herum war wie verschwommen.

Bei einer Drehung stolperte Karla und knallte auf den harten Boden.

Elif zog sie hoch. „Mein Schatz, was machst du?" Dabei legte sie ihren Arm um Karla und drückte sie sanft auf eine Bierzeltbank. Elif kam nah an Karlas Ohr. „Hast du etwa doch zu viel getrunken?"

„Quatsch!" Karla fegte Staub und Konfetti von ihrer Jeans.

Niemand würde je verstehen, warum sie so litt, warum sie das Gefühl hatte, dass ihr jemand den Boden unter den Füßen weggezogen hatte. Auch Elif und Vincent wahrscheinlich nicht.

Karla rieb ihren Knöchel. „Brauchst du einen Kühlakku?" Fabian kam hinter dem Tresen hervor.

„Nee, ist nicht so schlimm", raunte sie ihm zu.

„Du, ich will nach Hause", sagte sie zu Elif. „Mir gibt das hier heute nichts."

Elif schaute auf ihr Handy.

„Gut, aber nicht alleine! Und wenn, dann verschwinden wir jetzt gleich, weil ich um Mitternacht wieder hier sein will." Sie zwinkerte Fabian zu.

Elif leerte ihr Sektglas und hatte schon ganz glasige Augen.

„Kannst du denn wirklich auftreten?", fragte Fabian besorgt.

„Ja, geht schon", hauchte Karla mehr, als dass sie sprach.

Die Fahrt mit der S-Bahn dauerte zwanzig Minuten. Die beiden Freundinnen schwiegen die ganze Zeit.

Karla lehnte sich erschöpft an Elif und schloss die Augen.

„Nun sag schon, was du hast!", forderte Elif sie auf, als sie die Treppe zum Busbahnhof hinuntergingen. „Du kannst mir nicht erzählen, dass deine miese Laune nur an deinen Tagen liegt. Ist es, weil Vincent vorhin Alina auf seinen Schoß gezogen hat?" Elif hatte Mühe, ihren Schluckauf zu bändigen.

Karla winkte ab. „Du, das ist mir echt wurscht. Ich, äh, ich kann gerade nicht darüber sprechen, bin völlig durcheinander."

Das mit Alina hatte Karla nicht kalt gelassen, aber sie wollte es nicht zugeben.

Vor Karlas Haustür verabschiedeten sie sich. Zaghaft legte Karla ihre Hand auf Elifs Schulter und küsste sie vorsichtig auf die Wange.

„Lass uns morgen telefonieren, okay? Ich versuche es dir dann zu erklären." Sie räusperte sich. Der Frosch in ihrem Hals schien riesig zu sein.

„Ich bin gespannt." Elif drehte sich um und ging leicht schwankend wieder Richtung Bahnhof. Immer noch hielt sie eine halbleere Bierflasche in der Hand.

Sie wird zu Hause gehörig Ärger kriegen, so besoffen wie sie ist, dachte Karla. Und Elifs Mutter wird ganz sicher merken, dass da etwas mit einem Kerl lief.

Karla bemühte sich, möglichst lautlos die Tür zu öffnen. Sie schlich sich am Wohnzimmer vorbei, in dem die anderen laut redeten. Es lief Rockmusik. Alexander hatte sich also wieder durchgesetzt. Außerdem drang Gelächter auf den Flur.

Karla wunderte sich, dass sie ihre Mutter gar nicht hörte. Meistens war Yasmina laut und sehr gesprächig. Vor allem, wenn sie Wein getrunken hatte. Wahrscheinlich war sie in der Küche und holte irgendwas. Oder war sie etwa zum Vereinsheim gefahren, um sie zu suchen? Karla ertappte sich dabei, dass sie sich das wünschte. Ihre Mutter hatte mehrmals angerufen und ihr mindestens zehn Nachrichten geschickt. Sie war nicht an ihr Handy gegangen.

Schnell huschte Karla in ihr Zimmer. Samt Rucksack schmiss sie sich auf ihr Bett. Tränen flossen ihr über die Wangen.

Als sie ihren Blick hob, guckte sie genau auf das Bild an der Wand, das die ganze Familie vor ein paar Jahren im Dänemark-Urlaub zeigte. Sie riss es vom Nagel und donnerte es in die Zimmerecke. Das Rahmenglas zersplitterte.

Gegen halb zwölf hielt Karla es nicht mehr aus. Sie schrieb Jette und weihte sie in die Sache mit Alexander ein. Jette würde ihren Frust verstehen. Karla hatte das Gefühl, dass sie dringend mit ihr über alles reden musste.

Kurz vor Mitternacht kam Ben in ihr Zimmer. Karla erschrak. Sie war etwas eingeschlummert.

„Ich hab dich gehört." Er schluchzte leise.

„Hey." Karla richtete sich auf. „Was ist los?" Sie strich ihm sanft über den Kopf.

„Ich will jetzt wissen, was ihr alle habt. Mama hat dich gesucht und ist jetzt bei Omi. Papa hat ganz schlechte Laune. Und du sprichst auch nicht mehr mit mir!"

Karla atmete tief durch. „Ja, alles kompliziert. Frag morgen am besten Mama. Und wenn sie es dir nicht sagen will, dann reden wir miteinander, okay?"

Ben seufzte. „Weißt du, ich hab Angst", sagte er und legte sich zu Karla. „Angst, dass sich Mama und Papa scheiden lassen und dass du auch noch weggehst."

Karla imponierte es, dass ihr Bruder sich so mitteilen konnte.

Ihr Halbbruder.

2 | *Sima*

Nach dem Treffen mit Karla machte sich Sima auf den Weg in ihre Wohnung. Sie musste einige Stationen bis Harburg fahren. In der Bahn dachte Sima über das Treffen im Café nach. Ob Karla wohl zu der Silvesterfeier ging? In so einer Verfassung?

Als ihre Enkelin klein war, hatte Sima sie selten gesehen. Sie hatte immer viel gearbeitet und ihre Tochter Yasmina war mit Alexander und den Kindern häufig bei Alexanders Eltern gewesen. Immer wieder kam es Sima so vor, als hätten ihre Tochter und ihr Schwiegersohn die Enkelkinder vor ihrem Mann Hamid und ihr abgeschirmt. Für sie war das ein wunder Punkt und es war alles andere als typisch für eine persische Familie. Die Kinder ihres Sohnes, die im über 400 Kilometer entfernten Köln lebten, sah sie mindestens einmal im Monat.

Erst als Karla neun war, hatten sie sich öfter auch mal zu zweit getroffen.

Sima hatte ihre Enkelin immer schon um ihren sportlichen Ehrgeiz beneidet. So etwas hatte es bisher in ihrer Familie nicht gegeben. Sie hätte Karlas Wunsch unterstützt, auf ein Sportinternat zu gehen. Alexander war jedoch vehement dagegen gewesen.

Irgendwann musste es ja herauskommen, dass Alexander nicht Karlas leiblicher Vater war. Geahnt hatte Sima es von

Anfang an. Sie hatte ihre Tochter sogar mal mit Karlas Vater zusammen gesehen. Nachdem Yasmina ihr die Wahrheit gesagt hatte, fragte sich Sima häufig, warum ihre Tochter schon im ersten Ehejahr einen Seitensprung gehabt hatte. Liebte sie Alexander doch nicht so sehr, wie sie es vor der Hochzeit ständig beteuert hatte?

Sima empfand eine gewisse Distanz zu ihrem Schwiegersohn, obwohl er sehr verlässlich war und meistens freundlich mit ihr umging.

Aber Alexander war eben auch reserviert und kontrolliert. Nie sah man auch nur eine Gefühlsregung in seinen Gesichtszügen.

Ihr wurde allmählich klar, dass auch ihr Schwiegersohn gewusst haben musste, dass Karla die Tochter eines anderen Mannes war. Sonst hätte er sicher bei dem Gespräch mit Karla am Morgen anders reagiert. Sima hatte oft den Eindruck gehabt, dass Alexander seine Kinder Ben und Jette bevorzugte, aber vielleicht kam es ihr auch nur so vor, weil sie geahnt hatte, dass er nicht Karlas tatsächlicher Vater war.

Am liebsten würde Sima Karlas Vater aufsuchen, ihn kennenlernen. Sie wollte Yasmina und ihm keine Vorwürfe machen, aber sie war natürlich neugierig. Inständig hoffte Sima, dass ihre Enkelin nicht ihren Mut und ihre Klarheit verlieren würde. Wie sollte sie nur fertigwerden mit ihrem Gefühlschaos? Das arme Kind musste doch völlig hin- und hergerissen sein.

Sima fühlte sich auf eine unangenehme Art schuldig und wusste einfach nicht, was sie tun konnte.

Als sie zu Hause ankam, ging sie schnurstracks ins Wohnzimmer. Dort sah Sima sich wie so oft das Familienbild an, das über der Couch hing.

Das Schwarz-Weiß-Foto war das einzige Bild im Wohnzimmer. Es zeigte ihre Mutter, den Vater, ihre zwei Brüder, eine ihrer Tanten und sie selbst als Vierjährige. Aufgenommen wurde es 1964 bei einem Ausflug in der Nähe von Teheran. Damals dachte noch niemand an eine Flucht.

Langsam strich Sima über die Fotografie, so als wollte sie die abgebildeten Menschen streicheln.

Sima musste an ihre Flucht und ihre erste Zeit in Deutschland in den 1980er Jahren denken. Hamid und sein Bruder waren im Iran immer wieder mit ihren Äußerungen angeeckt, man drohte ihnen mit dem Gefängnis.

Auch Sima verachtete das Regime. Alles in ihr sträubte sich gegen diesen Überwachungsstaat.

Sie hatten sehr jung geheiratet. Sima war 18, Hamid 23. Kurz nach der Hochzeit wollten sie das Land verlassen. So hatte ein Onkel von Hamid ihnen falsche Pässe besorgt und sich um einen Schlepper gekümmert, der das junge Paar über die Türkei nach Deutschland schleuste.

Simas Eltern waren geschockt über diese Entscheidung und wollten seitdem nichts mehr mit ihrer abtrünnigen Tochter zu tun haben.

Relativ schnell hatte Sima dank Lehrbüchern vom Sprachverband und mit Hilfe mehrerer Volkshochschulkurse Deutsch gelernt. Immer mal wieder hatte sie ihren Bekannten aus der iranischen Community beim Übersetzen von Schriftstücken und privaten Briefen geholfen. Honoriert wurde das aber so gut wie nie. Jedenfalls nicht in Form von Geld.

Sima setzte sich auf die Couch und ließ den Kopf in die Hände sinken. Ein paar Minuten saß sie reglos so da. Sie lebte nun schon viel länger in Deutschland als im Iran. Von Anfang an hatte sie versucht, es anders als ihre Mutter zu machen. Die starb vor fünf Jahren und hatte laut Simas Bruder in Teheran kaum am öffentlichen Leben teilgenommen. Ihre Mutter saß praktisch bis zu ihrem Tod in der Wohnung fest und wenn sie mal rausging, trug sie immer ein Kopftuch.

Sima wollte frei sein, wollte offen und demokratisch handeln und denken, ohne mit den Traditionen ihrer Familie vollkommen zu brechen.

Sie versuchte, ihre Erinnerungen an die gefährliche Flucht und die damit verbundenen Traumata zu verdrängen. Auch die Sehnsucht nach ihrem Geburtsland und ihrer Herkunftsfamilie konnte sie oft kaum ertragen.

Tränen bahnten sich den Weg in ihre Augen. Wie konnte es nur passieren, dass ihre Mutter nie wieder etwas von ihr wissen wollte, sich scheinbar nicht nach Kontakt gesehnt hatte? In letzter Zeit träumte Sima oft, dass ihre Mutter mit wehenden Haaren durch einen Blumengarten lief.

An ihren Vater dachte sie nur selten.

Schnell wischte sie die Tränen mit ihrem Handrücken weg.

Irgendwann griff Sima zum Telefon, um ihren Mann anzurufen. Hamid war schon seit ein paar Tagen bei der Familie seines Bruders Said in Stuttgart.

„Stell dir vor, ich habe mich mit unserer Kleinen getroffen", erzählte sie und bemühte sich um einen ungezwungenen Tonfall.

„Schatz, es ist wunderbar, dass du dich meldest, aber ich bin zum Essen eingeladen und muss gleich los." Hamid räusperte sich.

„Ich will dich gar nicht lange stören", sagte Sima schnell. „Wie geht es dir denn? Ich bin in Sorge. Komm bitte bald nach Hause."

„Liebes, ich komme ja bald", beteuerte Hamid. „Uns geht es soweit gut ... aber Meral ist im Gefängnis, wir hoffen, dass Said sie rausholen kann."

„Was?", rief Sima. Sie schlug sich eine Hand vor den Mund. „Wie furchtbar. Was können wir tun?" Sima war sich ganz und gar nicht sicher, ob ihr Schwager Said etwas für seine Tochter tun konnte.

„Schatz, bitte beruhige dich, wir versuchen, alle Hebel in Gang zu setzen ..." Er atmete schwer. „Oh, hätte ich doch bloß nichts gesagt. Pass auf, wir machen noch ein paar Besuche bei Freunden und in ein paar Tagen bin ich wieder bei dir."

Sima spürte, dass auch ihr Mann unruhig war. Sie war sich sicher, dass Hamid gerade den linken Daumen unter seinen Hosenträger schob, so wie es seine Angewohnheit war, seit sie ihn kannte.

„Was hat Karlachen denn so erzählt? Wie geht es ihr?", wollte Hamid nun wissen.

„Ach", schluchzte Sima, „sie weiß ..." Sie kratzte sich am Arm. „Karla weiß es jetzt, sie weiß Bescheid."

„Was weiß sie?" Hamid klang erschrocken. „Etwa das mit der Vaterschaft?"

„Ja, Yasmina hat es ihr wohl gestanden und Alexander weiß nun auch, dass Karla im Bilde ist."

„Ach, Himmel, warum gerade jetzt? Hätte sie nicht damit warten können, bis unsere Kleine volljährig ist?"

„Hätte es sie dann weniger getroffen?", jammerte Sima.

„Ich weiß es auch nicht", gab Hamid kleinlaut zu.

„Liebster, mir ist nicht so gut, ich muss mich wohl ein wenig ausruhen."

„Okay, ich rufe dich morgen Abend an. Gute Besserung für dich und komm gut ins neue Jahr. Wie verbringst du überhaupt Silvester?"

„Mit Petra und Sharina aus der Bürgerinitiative."

„Fein, dann grüß die beiden herzlich." Er verabschiedete sich und legte auf.

Sima machte sich große Sorgen um Hamids Nichte Meral. Sie bewunderte die Tochter ihres Schwagers sehr, die stets mutig im Iran auf die Straße ging, um für die Rechte der Frauen einzustehen.

Für einen Moment vergaß Sima sogar Karla und ihre Nöte.

Wieder betrachtete sie die Fotografie an der Wand. Mit 21 war Sima schwanger geworden. Ihr Sohn Omid kam auf die Welt und ein Jahr später kündigte sich schon Yasmina an. Hamid nahm damals schlecht bezahlte Gelegenheitsjobs an. Wenn die Babys nachts schrien, schnappte er sich seine Jacke und ging spazieren. Sima blieb mit den weinenden Kindern zurück und musste allein mit allem fertig werden. Manchmal hatte sie dann neben Übersetzungen auch noch Näharbeiten für Nachbarinnen erledigt, bevor sie völlig übermüdet eingeschlafen war.

Im Sommer war Sima öfter mit ihren kleinen Kindern am Elbstrand gewesen. Immer wieder hatte sie das Tuscheln von Damen in teuren Bikinis wahrgenommen. Einmal hatte sie sich schlafend gestellt und zwei Frauen belauscht. Die eine sagte zu ihrer Begleitung: „Siehst du, diese Ausländerfrauen hängen hier den ganzen Tag 'rum. Haben nichts Besseres zu tun und liegen unserem Staat auf der Tasche."

Ihre Arroganz schien ihnen gar nicht bewusst zu sein.

Als die Kinder älter wurden, war Sima an mindestens vier Abenden pro Woche arbeiten gegangen. Wenn Hamid Schicht hatte oder irgendwo unterwegs war, hatte die Nachbarin auf die Kinder aufgepasst. Oft war Sima erst gegen Mitternacht nach Hause gekommen.

Wie viele Migrantinnen war auch Sima für das öffentliche Leben so gut wie unsichtbar. Tagsüber hatte sie meistens in der Wohnung gearbeitet und abends – und häufiger auch in der Nacht – putzte sie Büros, Krankenhauszimmer und Kantinen.

Hamid hatte nach ihrer Ankunft in Hamburg viele Bewerbungen geschrieben. Er hatte in der Heimat ein Medizinstudium begonnen, bekam aber in Deutschland keinen Studienplatz. Ein paar Jahre lang arbeitete er in Schichten in der Harburger Gummifabrik *Phönix*. Aber irgendwann begannen seine Hände zu zittern, er trank zu viel und wurde dann oft laut und wütend. Eines Tages ging er einfach nicht mehr in die Fabrik. Lieber hockte er in Cafés oder bei Gebrauchtwagenhändlern, diskutierte mit seinen Cousins und machte irgendwelche Geschäfte, die Sima nicht durchschaute.

Hamid hatte zwar Hände groß wie Schaufeln, aber er war kein praktischer Mensch. Er konnte weder streichen noch Lampen anbringen oder mit Holz arbeiten. Doch hatte Sima seine liebevollen Berührungen immer gemocht. Wenn seine groben Finger, deren Haut trotzdem weich war, auf ihrem Körper entlang gefahren waren, hatte sie das erregt und beruhigt zugleich. Leider war das seit Jahren nicht mehr vorgekommen.

Trotz vieler widriger Umstände war Sima ein hoffnungsvoller Mensch. Sie wollte immer nach vorne schauen. Auch deshalb war sie der Bürgerinitiative „Women Life Freedom" beigetreten, die den Freiheitskampf der Frauen im Iran unterstützte.

Bea Seefeldt hatte sie darauf aufmerksam gemacht. Sima hatte Bea bei deren Eltern kennengelernt.

Alexanders Tochter Jette hatte auf einer Geburtstagsfeier erzählt, dass ihre Großeltern jemanden für den Haushalt und den Garten suchten. Sima hatte sich bei Hanne Seefeldt gemeldet und war zu einem Gespräch nach Harvestehude gefahren.

Staunend hatte sie vor dem riesigen Anwesen gestanden. Die weiß getünchte Villa war umgeben von grüner Natur. Riesige alte Bäume standen in dem großen Garten.

Es gab einen eigenen Uferbereich mit einem Steg, der in die Alster hineinragte.

Hanne Seefeldt hatte Sima im Salon empfangen. Feine Jugendstilmöbel zierten den großen Raum mit hellbraunen Dielen und einer großen Flügeltür. Bea hatte erwähnt, dass ihre Mutter mehrere Stil-Beraterinnen beschäftigt hatte, die darauf achteten, dass die Möbel, die Bodenbeläge, Bilder und Stoffe aufeinander abgestimmt waren. Die Inneneinrichtung war bis in die letzte Ecke durchdacht.

Hannes große Leidenschaft war die Kunst. Seefeldts besaßen eine beachtliche Sammlung. In jedem Raum hingen großformatige Bilder, fachmännisch beleuchtet. Opulente sandfarbene Skulpturen standen im Eingangsbereich, im Salon und auf der Terrasse.

Die Flügeltür des Salons war an diesem Tag etwas geöffnet gewesen. Sima entdeckte Hannes Mann Georg hinter einem schweren Schreibtisch aus Eichenholz. Kurz hob er die Hand zum Gruß, als Hanne Sima vorstellte. Er schielte über den oberen Rand seiner Brille und musterte sie.

Sima bekam die Stelle. Sie hatte gar nicht damit gerechnet, weil Hannes Mann sie so kritisch beäugt hatte.

Dreimal die Woche fuhr Sima nun zu den Seefeldts. Sie putzte, kaufte ein, manchmal kochte sie, zupfte Unkraut und war schließlich auch so etwas wie eine Gesellschafterin für Hanne geworden. Das alles ohne Sozialversicherung.

Bea war immer mal wieder im Haus ihrer Eltern aufgetaucht. Sie schien ein enges Verhältnis zu ihrer Mutter zu haben.

Meistens lief sie im Wohnzimmer oder im Wintergarten auf und ab und sprach laut in ihr Telefon. Dabei wurschtelte sie ständig an ihrem wippenden Pferdeschwanz herum.

Bea wirkte auf Sima immer sehr fahrig und gestresst. Trotzdem mochte sie sie und fühlte sich von ihrer Energie auf merkwürdige Art angezogen.

Bea hatte von der ersten Begegnung an viel Interesse an Sima gezeigt, ihr oft Trinkgeld zugesteckt und sie auch nach Hause gefahren, wenn der Dienst mal wieder länger gedauert hatte. Besonders im Winter war Sima nur ungern allein in der Stadt unterwegs. Dabei war es ihr egal, ob sie sich in Harburg oder Harvestehude befand. Die Dunkelheit und die Kälte waren für Sima überall gleich. Sobald jemand bei ihr war, fühlte sie sich wohler.

Im Auto erzählte Bea dann viel über ihre Familie, ihren Job. Sie redete auch häufiger über ihre Lady Company, die auch für Frauen im Iran Geld sammelte. Sima hatte anfangs gar nicht richtig hingehört. Als Bea sie dann aber direkt gefragt hatte, ob sie sich nicht auch für den Freiheitskampf der Iranerinnen einsetzen wollte, war sie hellhörig geworden und organisierte inzwischen mit Bea und anderen zusammen Kundgebungen in Hamburg und Umgebung.

Fast zehn Jahre lang hatte Sima für die Seefeldts gearbeitet. Vor drei Jahren wurde ihr urplötzlich aus sehr fadenscheinigen Gründen gekündigt. Hannes Mann hatte es ihr telefonisch mitgeteilt. Er behauptete, dass Hanne und er auch ohne sie zurechtkommen würden, weil auch Bea sich nun mehr Zeit nehmen würde. Sima hatte es nicht verstanden. Ohnehin verstand sie wenig von der Welt der Seefeldts, die zwar augenscheinlich sehr wohlhabend waren, aber oft so sorgenvoll blickten, nie locker waren, sich eher steif bewegten. In der großen Villa hatte sich Sima nie richtig wohlgefühlt.

Sima humpelte in ihre Küche, um noch etwas für den Abend vorzubereiten. Bei nasskaltem Wetter machte sich ihre Hüftarthrose immer besonders stark bemerkbar. Ihr fiel ein, dass sie schon seit Monaten einen Termin bei ihrem Hausarzt machen wollte.

Wie eine Schlafwandlerin bewegte sich Sima an diesem Abend in den eigenen vier Wänden.

Die Wohnung von Sima und Hamid war klein und vollgestopft, manchmal kam sie ihr wie ein buntes Museum vor. Für Sima und Hamid war es stets ein großes Vergnügen, auf Flohmärkten einzukaufen.

Es war immer noch dieselbe Wohnung, die ihnen damals nach dem Aufenthalt im Durchgangslager zugeteilt wurde. Hier hatte Sima die Kinder gewickelt und gestillt, die Familie bekocht, Wäsche gewaschen und Hausaufgabenkämpfe ausgetragen.

Es hatte nur ein Zimmer für beide Kinder gegeben. Dieser Raum diente nun als Bügel- und Gästezimmer und war gleichzeitig ein Abstellraum.

Simas Blick blieb an einer kleinen Fußbank hängen. Ihr Sohn war mit etwa zehn Jahren darüber gestolpert und hatte sich eine Wunde am Kinn zugezogen. Hamid war mal wieder unterwegs gewesen. Sima flehte ihre Nachbarin an und die fuhr mit Sima und dem blutenden Kind ins Krankenhaus. Dort wurde Omid mit mehreren Stichen genäht und war bald stolz mit seiner Narbe in die Schule gegangen.

Warum nur bewahrte sie das alte Teil noch immer auf? Wer brauchte denn so was überhaupt?

Mittlerweile war die Wohnung heller. Vorher gab es viele dunkle Möbel, Teppiche und Vorhänge. Sima hatte sich durchgesetzt, mit Karla zusammen die Wände orangefarben gestrichen und einige Möbel ausgetauscht. Ihr Kittel, den sie auch bei den Seefeldts getragen hatte, hing an der Flurgarderobe. Er war an einigen Stellen geflickt. Schon länger hatte sie ihn nicht mehr getragen. Sie war ein bisschen rundlicher geworden.

In der Küche mahlte Sima Safranfäden in einem Mörser zu Pulver und vermengte es mit Olivenöl, Knoblauch und Zitronensaft. Dann bepinselte sie mehrere Hähnchenschenkel mit der Marinade und legte sie in den Ofen.

Trotz der vielen schlechten Nachrichten fing Sima an, ein altes Kinderlied zu summen.

In der Küche roch es bald nach Gewürzen und angebratenem Hähnchen. In Simas Wohnung duftete es ständig nach Kreuzkümmel, Koriander, Zimt oder Ingwer. Für den Abend hatte Sima auch Dinge für „Haft Sin" besorgt. Ihr gefiel dieser persische Brauch, bei dem sieben Sachen mit „S" aufgetischt wurden.

Auch ihre Großmutter und ihre Mutter hatten zu Nouruz, dem iranischen Neujahrsfest, den Tisch stets mit

Minze, Keimlingen, Äpfeln, Essig und anderen Symbolen geschmückt. Das iranische Neujahrsfest wurde zwar zum Frühlingsbeginn gefeiert, aber für Sima passte es auch am deutschen Silvesterabend.

Sima kochte auch gern mit Pilzen, Kohl, Nudeln, Kartoffeln und Parmesan und verband die orientalische Küche mit der europäischen. Auch ihre Nachbarin Linda war eine leidenschaftliche Köchin und sie luden sich gegenseitig öfter zum Kochen und Essen ein. Sie genossen es beide sehr, auf dem Markt einzukaufen, Nüsse zu zerhacken und Kräuter auszuprobieren. Schon häufig hatten sie gemeinsam für die ganze Hausgemeinschaft Fladenbrote und Zimtschnecken gebacken.

Seit vielen Jahren feierte Sima auch Weihnachten, vor allem mit Geschenken für ihre Enkelkinder. Und auch in diesem Jahr war die Wohnung wieder mit einem Adventskranz, Sternen und einem Tannenbaum geschmückt.

Der Wind pfiff durch das Küchenfenster. Die Dichtung war schon seit Monaten kaputt, aber niemand aus der Familie konnte sie reparieren. Einen Handwerker konnten sie nicht ohne Weiteres bezahlen.

Überhaupt war in der Wohnung vieles im Argen. Die Knöpfe an den Schränken wackelten, Fußleisten aus Plastik lösten sich, die Halterung der Duschbrause war kaputt. Sie mussten billige Materialien kaufen, die meist schnell hinüber waren.

Sima zog ihre Strickjacke enger um den Körper. Die Wolle kratzte.

Neulich erst hatte sie alte Blusen und zu eng gewordene Hosen aussortiert und an eine Flüchtlingsunterkunft gespendet.

Mittlerweile war Sima etwas moderner gekleidet als noch vor Jahren. Bea ging manchmal mit ihr einkaufen oder sie bestellte sich etwas. Auch in den Sozialkaufhäusern wurde inzwischen für wenig Geld Kleidung angeboten, die gut erhalten und nicht so altmodisch war.

Sima setzte Teewasser auf und schaute zur Küchenuhr hoch. Sie packte ein paar Sachen für die kleine Feier bei ihren Freundinnen zusammen.

Sollte sie Bea anrufen, um ihr von Meral und dem Gefängnis zu erzählen? Sie verwarf den Gedanken sofort wieder. Bea würde sich bestimmt am Silvesterabend mit anderen Dingen beschäftigen.

Sima ging wieder ins Wohnzimmer und zappte sich antriebslos durch das Fernsehprogramm. Auf fast allen Kanälen liefen Ulk-Sendungen. Über diese alljährlichen Wiederholungen konnte sie gerade gar nicht lachen, obwohl sie sonst genau ihren Humor trafen.

Bei einer Doku über Frauenfußball blieb Sima hängen. Sie wunderte sich, dass die Nationalelf des deutschen Frauenfußballs Trikots mit der Aufschrift *Vorwerk* trug. Diese Firma stellte doch Staubsauger und Küchengeräte her. Würden die Männer mit so einer Werbung auflaufen?

Sima hatte oft den Eindruck, dass die Frauen hierzulande doch nicht so emanzipiert waren, wie sie oft taten. Jedoch freute sie sich darüber, dass der Frauenfußball in

Deutschland immer mehr Beachtung fand. Sima wollte Karla so oft wie möglich anfeuern. Auf den Trainingsplätzen und bei den Punktspielen konnte Sima so laut brüllen, wie sie wollte, und all ihren angestauten Frust rauslassen.

Sima lächelte bei der Vorstellung, dass sie immer wieder versucht hatte, der Mutter von Elif die Regel mit dem Handelfmeter zu erklären. Die hatte nur gefragt, was das Ganze denn nun plötzlich mit Handball zu tun habe.

Nach der Doku wurden Konzertmitschnitte gezeigt. Sima nickte auf der Couch ein. Geweckt wurde sie von der Eieruhr, die ankündigte, dass die Hähnchen fertig waren. Schwerfällig erhob sie sich und stellte den Ofen aus.

Mit zügigen Handbewegungen machte Sima sich im Bad zurecht. Sie streifte sich einen silbernen Armreif über das Handgelenk, den Hamid ihr mal mitgebracht hatte. Ihre Brille steckte sie sich in ihr dickes, dunkles Haar und betrachtete sich im Spiegel. Ein wenig Haarspray, Mascara und Lippenstift mussten reichen. Außerdem sprühte sie sich etwas Eau de Toilette auf die Unterarme.

Sima war durchaus zufrieden mit ihrem Aussehen, aber in letzter Zeit entdeckte sie immer mehr graue Strähnen in ihrem Haar. Auch die senkrechte Sorgenfalte auf ihrer Stirn wurde immer tiefer. Doch nun musste sie los und konnte sich keine Gedanken mehr über ihr Älterwerden machen.

Gerade schloss Sima die Wohnungstür ab und wollte einen Korb mit Speisen und Dekoration hochheben, während sie gleichzeitig eine große Schüssel mit den Hähnchenschenkeln in einer Hand balancierte, da kam ihre Tochter die Treppe hochgelaufen.

„Ist Karla bei dir?" Yasmina keuchte.

„Nein", antwortete Sima knapp.

„Gut, dann fahre ich jetzt zum Vereinsheim." Yasmina klapperte nervös mit ihrem Schlüsselbund, drehte sich um und machte Anstalten, wieder nach unten zu rennen.

„Halt!", rief Sima. „Das machst du besser nicht!" Sie fasste ihre Tochter am Arm und zog sie zu sich heran. Zärtlich streichelte sie ihr über die Wange.

Yasmina schaute verwirrt.

„Hilf mir mal tragen!" Sima drückte ihr die Schüssel mit den Hähnchenschenkeln in die Hände. „Ich geh mit den Sachen rüber zu Sharina und Petra. Du kennst sie ja von der letzten Demo. Sie werden bestimmt nichts gegen einen weiteren Gast haben."

„Ich kann doch nicht ...", stammelte Yasmina.

„Doch, du kannst. Du kannst mich begleiten und vor allem solltest du mal in Ruhe etwas essen, mein Kind."

Sima schloss ab und hob den Korb hoch.

„Ich weiß über alles Bescheid und ich werde mich nicht groß einmischen, aber eins sag ich dir: Unsere Karla ist ein tapferes Mädchen und sie hat Freunde. Natürlich ist das alles ein Hammer für sie, für euch alle. Nur bist du jetzt nicht diejenige, die sie sehen möchte. Lassen wir ihr ein wenig Zeit, sie wird schon zurückkommen."

Sanft, aber bestimmt schob Sima ihre Tochter Richtung Haustür.

3 | *Hanne*

Wie immer hatte Hanne alles gut vorbereitet. Das Meißener Porzellan, das sie von ihrer Mutter geerbt hatte, hatte sie schon mittags auf das feine Leinentuch gestellt, das den großen Esstisch bedeckte. Es sollte Tafelspitz und Gemüse nach Gärtnerinnen Art geben. Danach wollten sich Hanne und ihr Mann Georg eine Silvestergala ansehen und bei ein paar Gläsern Bowle Karten spielen.

Bis vor ein paar Jahren hatte auch hin und wieder Sima für sie gekocht. Hanne vermisste die Gerichte, die meist einen orientalischen Einfluss hatten. Und sie vermisste Sima. Nicht nur, weil sie hervorragende Arbeit geleistet hatte. Das Kochen war für Hanne keine Last, aber das Sauberhalten des Hauses und die Gartenarbeit waren ihr mit Mitte 70 nun zu schwer geworden. Auch Georg kümmerte sich nicht darum.

Die Farbe an den Türen blätterte ab, die Dielen waren seit Jahren nicht mehr gepflegt worden, der Fensterputzer schon lange nicht mehr da gewesen, in den Beeten sprießte überall Unkraut. Doch für Personal war kein Geld mehr da. Das hatte Georg unmissverständlich klargemacht. Und Hanne hatte es wie fast immer nicht hinterfragt.

Silvester war für Hanne nie ein Familienfest gewesen. Als ihre Töchter klein waren, hatte sie sich bemüht, bis Mitternacht gute Laune zu verbreiten. Sie hatte Wunderkerzen angezündet und sich in manchen Jahren sogar verkleidet. Später war sie zum Jahreswechsel mit Georg verreist oder sie waren auf Partys gegangen.

In Hannes Kindheit waren ihre Eltern Silvester nie weggegangen und hatten sie ohnehin nur selten bei Nachbarn oder Verwandten gelassen. Sie erinnerte sich, dass ihre Mutter gezittert hatte wie eine ängstliche Hündin, wenn zum Jahreswechsel Böller flogen.

Hanne hatte immer gerne getanzt und würde es auch heute noch tun, wenn nur ihr Rücken nicht so schmerzen und ihr das Nachlassen ihrer Sehkraft nicht so viel Angst machen würde. Das waren auch die Gründe dafür, dass sie so selten etwas mit ihren beiden Enkelsöhnen unternahm. Hanne hatte Sorge, dass etwas Schlimmes passieren könnte, weil sie mögliche Gefahren nicht einschätzen konnte. Mit ihrer Enkelin Jette hatte sie früher gerne herumgetobt und sie hatten es geliebt, Ausflüge zu machen. Die beiden kannten alle Bewohner in Hagenbecks Tierpark.

Jette hatte schon im Grundschulalter gerne Tiere gezeichnet. Hanne hatte ihr eine Staffelei geschenkt, die Jette vor den Gehegen aufgebaut hatte, um dann mit viel Hingabe Affen, Elefanten und Löwen zu malen.

Hanne freute sich sehr, dass Jette ihr zu Weihnachten einen handschriftlichen Brief geschickt hatte mit einer Einladung zu ihrer ersten Vernissage. Wie stolz sie allein der Gedanke machte, im Sommer nach Leipzig zu fahren, um sich die Werke ihrer Enkelin anzusehen.

Die bildende Kunst hatte Hanne immer Trost und Kraft

gegeben. Regelmäßig hatte sie Museen besucht und auf Auktionen mitgeboten. Hanne hatte sich gefreut, wenn ihre Gäste ihr Komplimente für ihren erlesenen Geschmack gemacht hatten.

Für ihre Kunstsammlung hatte Georg ihr bis vor ein paar Jahren großzügig Geld zur Verfügung gestellt. Ihn begeisterte ihre Auswahl und ihr Wissen, das sie sich bei Ausstellungen und durch Vorträge angeeignet hatte.

Georg war in einigen Bereichen ein großzügiger Mann gewesen. Sogar für die Elbphilharmonie hatte er eine beachtliche Summe gestiftet, obgleich er nie ein leidenschaftlicher Konzertgänger war. Jedenfalls nicht freiwillig. Wenn es Einladungen von Honoratioren in die Laeiszhalle oder in die Staatsoper gegeben hatte, war er natürlich hingegangen.

Seine Töchter und Enkelkinder hatte Georg allerdings stets kurzgehalten. Dafür brachte Hanne kein Verständnis auf. Diese Art von Geiz kannte sie aus ihrer eigenen Familie nicht.

Hanne stellte gerade den Herd an, da hörte sie ein lautes Poltern. Aufgeschreckt lief sie so schnell es eben ging Richtung Arbeitszimmer.

Als sie kurzatmig dort ankam, sah sie Georg neben seinem Schreibtisch auf dem Fußboden liegen. Hanne bückte sich zu ihrem Mann runter und rüttelte sanft an seiner Schulter. Er wimmerte nur leise und war kreidebleich.

„Georg, Georg, bitte wach doch auf", flüsterte sie. Das Sprechen fiel Hanne schwer. Ihr Mann reagierte nicht.

Schwerfällig erhob sie sich, wankte zum Telefon und wählte den Notruf. Sie keuchte und konnte mit dem Kloß im Hals nur mühsam beschreiben, was los war.

Ein paar Minuten später waren die Sanitäter da. Sie schoben Hanne zur Seite und kümmerten sich um Georg. Als sie mit der Trage an ihr vorbeigingen, fragte einer der Männer Hanne etwas. Aber sie stand wie versteinert da und nahm nicht wahr, was er sagte. Zum Abschied strich sie Georg zögerlich über den Kopf.

Im Schlafzimmer setzte sie sich auf die Kante des Ehebettes und starrte an die Wand. In ihrem Gehirn waren nur noch Gedankenfetzen. Sie fühlte sich wie eine Besucherin im falschen Film.

Hanne musste daran denken, wie sie ihren Mann kennengelernt hatte. Georgs Ruf war ihm damals vorausgeeilt. Als junge Frau hatte Hanne bei der Arbeit und von Freundinnen öfter von dem einflussreichen Reeder Georg Seefeldt gehört.

Sie hatte ihn sich damals in einer weißen Kapitänsuniform vorgestellt. Als sie Georg dann auf einem Presseball begegnet war, war sie zunächst nicht sonderlich angetan von dem Mann mit dem Dauerlächeln gewesen. Er flirtete mit sehr vielen Frauen und wirkte arrogant. Doch nachdem er mehrmals mit Hanne getanzt hatte und sehr charmant mit ihr umgegangen war, sie nach Hause begleitet und sich für den nächsten Sonntag mit ihr verabredet hatte, war sie ihm regelrecht verfallen. Zu jedem Rendezvous brachte Georg Blumen und Pralinen mit.

Hanne und Georg heirateten 1969 mit über 100 geladenen Gästen aus Wirtschaft, Politik, Kunst und Kultur. Es war ein rauschendes Fest mit viel Champagner gewesen.

Was sollte sie nur machen, wenn Georg nicht wieder zu Bewusstsein kommen würde? Hanne konnte sich ein Leben ohne ihren Mann nicht vorstellen. Immer mal wieder hatte sie über eine Trennung nachgedacht. Oft war sie unglücklich gewesen, aber in den meisten Momenten verehrte sie Georg und fühlte sich hilflos ohne ihn. Außerdem war sie so erzogen worden, dass man sein Schicksal nicht herausforderte. Treue wurde in Hannes Familie großgeschrieben.

Hanne schaute hoch zum Stuck an der Decke. Dieses riesige Haus empfand sie schon seit Längerem als erdrückend. Wenn sie zu entscheiden hätte, würde es so schnell wie möglich verkauft werden. Leider kannte Hanne sich auf dem Immobilienmarkt nicht aus. Wie oft hatte sie sich schon darüber geärgert, dass sie über so wenig Geschäftssinn verfügte. Sie würde Bea und ihren Mann Mark um Hilfe bitten müssen. Ihre Töchter Eva und Fritzi kamen für das Projekt Hausverkauf keinesfalls in Frage.

Hanne träumte schon länger davon, in eine helle, barrierefreie Wohnung zu ziehen. Mit Georg hatte sie nie über diese Pläne gesprochen. Sie hatte nur mal erwähnt, dass sie niemals in einem Seniorenheim dahinvegetieren wollte. Aber wer wollte das schon? Hatte man überhaupt eine Wahl, wenn man ein Pflegefall war?

Hanne nahm ihre Schürze ab, ging zur Garderobe in der Eingangshalle und zog sich einen Lodenmantel über ihr Twinset. Zum Glück fiel ihr ein, dass das Essen noch auf dem Herd köchelte. Sie schaltete alles aus und schmiss das verkohlte Fleisch samt Gemüse in den Kompost, bevor sie wie auf einer Flucht das Grundstück verließ.

Verzweifelt versuchte Hanne, sich an den Weg zu Evas Wohnung zu erinnern. Im Dämmerlicht ähnelten die Häuser und Straßenzüge sich so sehr. Sie war erst ein paar Mal bei Eva gewesen, obwohl sie jetzt seit etwa einem Jahr in der Gegend, etwas weiter entfernt von der Alster, wohnte. Immer wieder fragte sich Hanne, wie sich ihre Tochter diese Wohnung leisten konnte. Hanne hätte ihr gern öfter Gebäck gebracht und wollte mit ihr plaudern. Aber Eva hatte meistens keine Zeit für sie gehabt.

Die Laternen spendeten wenig Licht und der Weg war rutschig. Ein paar Böllerreste lagen schon auf dem Bürgersteig und eine leichte Eisschicht bedeckte den Boden. Hanne kam nur langsam voran. Sie wunderte sich, dass bei dem Wetter Jogger unterwegs waren. Auch einige Leute mit Hunden überholten sie. Die Mantelkragen hochgeschlagen, gingen die Menschen geduckt, was eher ungewöhnlich in dieser gediegenen Gegend war. Alle machten den Eindruck, dass sie schnellstmöglich nach Hause wollten.

Nur schemenhaft erinnerte Hanne sich daran, wie sie mit etwa vier Jahren an der Hand ihres Vaters im Winter durch den Schnee gestapft war. Sie hatte es geliebt, mit ihrem hochgewachsenen, starken Papa spazieren zu gehen. Er hatte ihr immer mit Begeisterung „seine" Stadt gezeigt.

Hanne war im Stadtteil Wellingsbüttel in einem Reihenhaus groß geworden und wusste, was gelebte Nachbarschaft bedeutete. In Harvestehude hatte sie sich hingegen nie besonders wohlgefühlt. Wie lange gab es hier in dieser Villengegend nun schon moderne Mehrfamilienhäuser? Als Georg noch in der Bürgerschaft gesessen hatte, wurden die in Harvestehude nicht genehmigt. Die gut situierten Bürger wussten das zu verhindern.

Hanne war schon ein paar Minuten gegangen, als ihr auffiel, dass sie immer noch ihre Hausschuhe an den Füßen hatte. Sie schämte sich dafür. Wahrscheinlich hatte sie auch Laufmaschen in ihrer Strumpfhose, aber sie mochte nicht nachsehen.

In der Grundschule hatte Hanne sich manchmal auch geschämt. Ihr Vater und ihre Hamburger Oma waren immer stolz auf ihre Schulleistungen gewesen. Besonders gute Noten bekam Hanne in Schreiben und Lesen. Doch die anderen Kinder hatten sie wahlweise „Flüchtlingsbalg" oder „Russengöre" genannt und über sie gelacht. Sie hatte es nicht verstanden, sich vollkommen ausgegrenzt gefühlt. Genau wie die meisten Mädchen in ihrer Klasse trug Hanne blonde Zöpfe und hatte blaue Augen. Auch Deutsch sprach sie fehlerfrei. Was also sollte so anders an ihr sein, dass man sie derart beschimpfte?

Hannes Mutter sprach in Hannes Kindheit selten über die Heimat ihrer Vorfahren und die Flucht nach Deutschland. Sie stammte aus einem kleinen Ort nördlich von Odessa. Dort hatte sie mit ihrer Familie als sogenannte „Schwarzmeerdeutsche" gelebt.

Erst als Hanne 18 wurde, hatte ihre Mutter ihr Konkreteres über die deutschen Siedler in der Ukraine erzählt und

Hanne dabei ein paar Briefe ihrer Großmutter Maria aus-gehändigt. Hanne verstand, dass ihre Großeltern und ihre Mutter unter Stalins starken Repressalien gegen deutsche Siedler gelitten hatten.

Ihre Großmutter beschrieb auf den vergilbten Seiten auch die Bestrebungen Hitlers, diese Siedler ab 1943 „heim ins Reich" zu holen. Mit einem großen Treck waren auch Hannes Großeltern und Hannes Mutter schließlich in Ham-burg gelandet.

Trotz aller Unterdrückung und Verfolgung hatte die Familie von Hannes Mutter in der Folgezeit viel Geld durch Immobilienhandel erworben.

Nach ihrer mittleren Reife konnte Hanne als Bürokraft bei der HAMBURGER WOCHE arbeiten.

Durch Beziehungen ihrer Großmutter war sie an den Job gekommen. Im Verlagshaus durfte Hanne nach Feier-abend im Archiv recherchieren. Sie fand immer mehr über die Gräueltaten von Hitler und Stalin heraus. Ihr wurde kör-perlich schlecht bei dem, was sie in alten Zeitungsartikeln, Erfahrungsberichten und Feldpost-Kopien über den Holo-caust und den Holodomor las. Stundenlang saß sie damals selbst am Wochenende in der Staatsbibliothek und stöberte in alten Dokumenten, bis ihre Augen schmerzten.

Bis zu Beas Geburt 1973 arbeitete Hanne nach ihrer Kündigung bei der HAMBURGER WOCHE immer mal wie-der für die ANGELA. Frauenzeitschriften wurden zu der Zeit immer begehrter und Hanne wollte eine neue Herausforde-rung annehmen.

Sie arbeitete im Verlag als Sekretärin, schrieb aber auch als Vertretung für eine erkrankte Kollegin ein paar Texte. Der Chefredakteur war begeistert von ihrem Schreibstil und traute ihr etwas zu. So bekam sie immer mehr Aufträge für Artikel und Kolumnen. Hanne war sehr stolz auf diese Anerkennung. Sie hatte es allerdings Zeit ihres Lebens versäumt, etwas in die Rentenkasse einzuzahlen. Ihr selbstverdientes Geld ging für den Haushalt drauf und den Rest legte Hanne beiseite für neue Schuhe, kleine Reisen oder Geschenke für Freundinnen.

Nach der Geburt ihrer ältesten Tochter Bea sprach Georg ein ernstes Wort mit seiner Frau. Er wollte nicht, dass sie ihre journalistische Tätigkeit fortsetzte. Hanne sollte sich um ihre Tochter kümmern, die Gartenplanung übernehmen, Einkäufe delegieren und ihn begleiten. Auch ihre Schwiegermutter hatte Hanne in den Ohren gelegen. Sie war genau wie ihr Sohn der Meinung, dass eine Frau ihres Standes nicht außer Haus für ein „Weibermagazin" arbeiten sollte. Die Familie und die Außenwirkung der Firma waren ja wohl wichtiger. Hanne gab dem Druck nach und ihre liebgewonnene Arbeit auf, um sich fortan um die Belange des Hauses und ihrer Familie zu kümmern.

Um die Namen auf den Klingelschildern erkennen zu können, ging Hanne ganz nah heran. Sie konnte sie trotzdem kaum entziffern. Irgendwann bat sie eine Passantin um Hilfe. Die nahm sie mit zu Evas Wohnung. Hanne klingelte.

„Du?" Eva schaute an Hanne vorbei, als müsste hinter ihr noch jemand auftauchen.

„Ja, ich." Hanne hüstelte. „Können wir reingehen? Ich hab schlechte Nachrichten. Und hast du vielleicht Schuhe in meiner Größe?" Sie zeigte auf ihre Pantoffeln.

„Äh, nein. Also ja, komm rein." Eva trat zur Seite und ließ Hanne hinein. „Ist was passiert?" Fragend schaute sie Hanne an. „Nun rede doch bitte, ich bin verabredet."

Hanne stand mit hängenden Schultern im dunklen Flur. „Eva, du musst mit mir in die Uniklinik fahren. Papa ist ... er ist zusammengebrochen."

Eva wich ein wenig zurück. „Wie, zusammengebrochen?" Sie fasste Hanne am Arm und bugsierte sie in die Küche. „Na, komm, setz dich erst mal. Möchtest du was trinken?"

„Nein. Eva, verstehst du nicht? Wir haben keine Zeit, hier gemütlich Tee zu trinken. Bitte, lass uns losfahren. Er braucht uns doch jetzt!"

Hanne setzte sich kurz, stand aber gleich wieder auf und hielt sich an der Tischkante fest. Ihre Hände zitterten.

Eva schüttelte den Kopf und füllte sich ein Glas mit Leitungswasser. Sie schluckte hörbar. „Mich braucht er bestimmt nicht. Und dass er dich braucht, bezweifle ich auch."

„Nun lass mal die alten Sachen ruhen." Hanne musterte ihre Tochter von oben bis unten. „Schick siehst du übrigens aus! Wer ist denn der Glückliche?"

„Hä?" Eva runzelte die Stirn und guckte an sich hinunter. „Wird nicht verraten", sagte sie schnell.

„Wieso bist du denn nicht im Rettungswagen mitgefahren?", wollte Eva wissen.

„Keine Ahnung. Es fiel mir so schwer, überhaupt zu reagieren. Die sind ganz schnell mit ihm rausgelaufen." Hanne seufzte und ließ sich wieder auf den Küchenstuhl fallen. „Weißt du, ich habe bei all dem Murks immer zu dir gehalten. Jetzt kannst du auch mal was für mich tun. Vielleicht sollte es einfach so sein, dass du mich jetzt begleitest. Also fahr bitte mit mir ins UKE." Hanne beugte sich vor und legte beide Handflächen wie zum Gebet zusammen.

„Ganz großes Kino, Mama, aber das geht leider nicht." Eva tippte hektisch etwas in ihr Handy und legte es auf den Küchentisch.

„Was?" Hanne riss entsetzt die Augen auf. „Dein Vater ist in der Notaufnahme!"

„Mein Vater hat mich auch fallenlassen, als es mir dreckig ging." Eva nahm einen großen Schluck Wasser. „Mama, ich habe heute etwas Schönes vor mit einem für mich sehr wichtigen Menschen. Das möchte ich nicht aufs Spiel setzen. Außerdem wird er doch da gut versorgt." Wieder griff sie nach ihrem Smartphone und schaute angestrengt auf das Display. „Frag doch Bea, ob sie dich fährt."

„Nein, das dauert doch viel zu lange, bis Bea hier ist. Außerdem ist es sehr glatt ... Jetzt bist du mal dran!" Hanne fegte mechanisch ein paar Brotkrümel von der Tischplatte.

„Aber du kannst doch den 25er nehmen." Eva schaute Hanne an. „Ich begleite dich noch zur Haltestelle. Der fährt direkt zum Krankenhaus."

„Kind, bitte. Ich kenne mich doch mit den Buslinien nicht aus. Du kannst mich ja wohl mit dem Auto fahren. Ich setz mich jedenfalls nicht mehr hinters Steuer. Ich sehe viel zu schlecht, im Dunkeln geht das gar nicht mehr." Hannes Stimme kippte. „Eva, nun brauch ich dich mal!" Sie klang heiser und schrill zugleich.

„Ich hab die Ente verkauft", bemerkte Eva trocken.

Hanne starrte ihre Tochter an.

„Das Geld kann ich gut gebrauchen und ich komme hier mit dem Rad und den Öffis bestens klar." Sie blies ein paar Ponysträhnen hoch.

„Ja, du schon." Hanne griff nach Evas Hand. Doch die zog sie weg. „Dann nehmen wir eben unser Auto."

Eva lachte auf. „Garantiert nicht! Ich hab mit diesem Schlitten überhaupt keine Fahrpraxis und wenn da auch nur ein klitzekleiner Kratzer dran ist, reißt Georg mir den Kopf ab. Das weißt du doch."

Hanne mochte es nicht, wenn Eva ihren Vater beim Vornamen nannte. „Evelyn, er ist momentan überhaupt nicht in der Lage, irgendjemandem einen Finger zu krümmen, geschweige denn den Kopf abzureißen. Bitte kapiere doch den Ernst der Lage!"

„Ich kapiere es doch", sagte Eva.

„Gut", lenkte Hanne ein, „ein Taxi kann ich mir nicht leisten. Dann eben mit dem Bus. Bitte begleite mich!"

Eva seufzte. „Aber dass eines klar ist: Ich tu das nur für dich."

Sie verließen die Küche und gingen auf den Flur. „Ich muss mich eben umziehen." Eva verschwand in ihrem Schlafzimmer. Als sie wiederkam, holte sie für Hanne ein paar Sneaker aus dem Schuhschrank und hielt sie ihr wortlos hin.

„Oh, danke." Hanne schlüpfte hinein und war erleichtert, dass die Schuhe passten.

Außerdem drückte Eva ihr noch eine Wollmütze in die Hand, schnappte sich eine große Tasche und hielt Hanne die Wohnungstür auf.

Hanne hatte große Mühe, mit Evas Tempo mitzuhalten. Sie fror und zog sich die Mütze weiter über die Ohren.

„Geht es vielleicht ein bisschen schneller?" Eva atmete durch.

„Na ja, eine alte Frau ist kein D-Zug." Hanne hatte Seitenstechen. „Ich will ja auch nicht stürzen."

„Alles klar, sorry, ich bin es einfach nicht mehr gewohnt, so langsam zu gehen. Wir sind auch gleich an der Haltestelle." Eva klang nicht mehr ganz so gestresst und ließ es zu, dass Hanne sich bei ihr einhakte.

Am Bushäuschen standen Hanne und Eva ein paar Minuten mit einer Gruppe Jugendlicher zusammen. Sie waren laut und lachten. Bierflaschen kreisten.

„Du, ich informiere Bea mal schnell", schlug Eva vor. „Sonst ist sie wieder beleidigt. Was meinst du?"

„Ja, mach das", erwiderte Hanne kraftlos.

Eva drehte sich um und ging ein paar Schritte von der Haltestelle weg, um mit Bea zu telefonieren.

„Was sagt sie?", wollte Hanne wissen, als ihre Tochter wieder neben ihr stand.

„Sie hat sich natürlich aufgeregt, aber ich hab ihr gesagt, dass ich mit dir zum Krankenhaus fahre und sie eh nichts tun kann."

Eva steckte ihr Handy in ihre Tasche. „Sie will sogar ihrem Besuch absagen."

Hanne runzelte ihre Stirn. „Das muss ja nun wirklich nicht sein."

„Vielleicht hat sie gar keinen Bock auf die Leute." Eva machte ein paar Tippelschritte. „Ich denke, dass Bea sich nachher bei dir meldet, sie will dich morgen besuchen. Fritzi kommt gleich zu ihr, um die Kids abzuholen. Bea sagt ihr dann, was mit Georg passiert ist."

Hanne war erleichtert, weil Eva nun alles regelte.

Der Bus war voller singender Leute mit Glitzer und Schminke im Gesicht, soweit man das unter den Masken erkennen konnte. Eine junge Frau stand von ihrem Platz auf, damit Hanne sitzen konnte.

Hanne beneidete die Menschen, die offensichtlich zu irgendwelchen Partys fuhren und sich am letzten Tag des Jahres gehen lassen wollten. Sie erschreckte sich über sich selbst. Sollte sie nicht viel mehr in Sorge um ihren Mann sein?

Schon nach wenigen Haltestellen tauchte das große Gebäude mit dem Schriftzug *Universitätsklinikum Hamburg-Eppendorf* über dem Eingang im Nebel auf. Auf den Wegen rund um das Krankenhaus war Sand gestreut.

Hanne wurde mulmig zumute. In der Eingangshalle rannten sich Patienten und hektisches Pflegepersonal fast über den Haufen. Betten wurden von einer Ecke zur anderen gerollt.

„Logisch, dass hier an Silvester viele Idioten eingeliefert werden", schimpfte Eva, während sie zielstrebig mit Hanne im Schlepptau auf die Notaufnahme zusteuerte.

Nach längerem Warten hörte sich eine Krankenschwester ihr Anliegen an und führte sie zu zwei Stühlen auf einem langen Gang. Wieder hieß es warten.

„Er ist ja privat versichert", sagte Hanne in die Stille hinein.

„Glaub kaum, dass ihm das jetzt was nützt", meinte Eva und zuckte mit den Achseln. Sie stand auf und machte Atemübungen.

Irgendwann schloss Hanne die Augen. Sie ertrug es nicht mehr, in das grelle Neonlicht zu schauen. Ein säuerlicher Geruch stieg ihr in die Nase. Ihr wurde übel. Unwillkürlich musste Hanne an ihre schwierige Schwangerschaft mit Eva denken. Ständig hatte sie sich übergeben. Ihre Schwiegermutter hatte geunkt: „Diesmal wird es ein Junge. Bei dem spitzen Bauch!"

Eva wurde dann hier im UKE geboren.

Hannes Gynäkologin hatte ihr dazu geraten. Die Lage des Babys war nicht optimal und Hanne hatte Kreislaufprobleme. Es sollte ein Kaiserschnitt gemacht werden. Der Eingriff war für Hanne sehr anstrengend gewesen, sie hatte viel Blut verloren. Die Ärzte empfahlen ihr nach der Geburt äußerste Ruhe.

Georg war bei keiner ihrer drei Geburten dabei gewesen. Bei ihrer jüngsten Tochter Fritzi hatte Hanne ihn angefleht mitzukommen, weil sie sich so elendig gefühlt hatte. Aber er hatte sie nur schroff darauf hingewiesen, dass er zu einem wichtigen Galadinner musste.

Georg war mit den Jahren immer cholerischer geworden und ließ sich gar nicht mehr in die Karten gucken.

Durch Freunde bekam Hanne mit, dass ihr Mann häufig in Spielbanken gesichtet wurde. Zu ihr sagte er nur, dass er offizielle Termine hatte. Nach und nach begriff sie, dass ihr Mann es mit den Steuern nicht sehr genau nahm, spielsüchtig war und enorme Schulden hatte.

Hannes Mutter hatte ihr einen großen Batzen Geld vermacht. Sie starb, als Bea zwei Jahre alt war. Hanne war ein Einzelkind geblieben und sie staunte damals über den hohen Betrag. Als Hanne Jahre später erfuhr, dass Georg auch ihr Erbe, statt es wie verabredet anzulegen, im Casino verzockt hatte, war sie immer misstrauischer geworden.

Um Geldangelegenheiten hatte sich Hanne nie gekümmert und hatte daher keine Ahnung von Bankgeschäften oder Transaktionen. Sie hatte stets auf Georgs Fachwissen vertraut. Und dieses Vertrauen hatte er im wahrsten Sinne des Wortes verspielt.

Hanne schaffte sich irgendwann ihre eigene kleine Welt. Sie las viel, traf sich mit den Ehefrauen anderer Reeder und Kaufleute und versuchte, sich mit Gymnastik und Charity-Veranstaltungen abzulenken. Doch außer der Leidenschaft für die Kunst erfüllte nichts von alledem Hanne wirklich. Sie hätte so gerne weiterhin für eine Zeitschrift Artikel geschrieben.

Hanne blinzelte und beobachtete Eva, die neben ihr saß und ständig auf ihrem Handy herumwischte. Ihre Mittlere war immer schon ihr störrischstes Kind gewesen. Laut und unberechenbar, ihrem Vater in vielem sehr ähnlich. Nur war Eva nie so abgebrüht und gierig gewesen wie Georg. Im

Gegensatz zu ihm besaß sie Empathie, auch wenn sie es selten zeigte.

„Du, ich geh mal frische Luft schnappen und muss noch telefonieren", sagte Eva und riss Hanne damit aus ihren Gedanken.

„Ist gut", erwiderte Hanne leise und gähnte. „Du bist ja noch schlimmer mit deinem Handy als Bea ...", stellte sie fest. Eva stand auf und ging Richtung Aufzug.

Wieder fielen Hanne die Augen zu. Erinnerungen an den Abend mit dem heftigen Streit zwischen Eva und Georg drängten sich ihr auf. Die ständigen Sticheleien und Meinungsverschiedenheiten zwischen Vater und Tochter waren lächerlich gegen diesen großen Knall gewesen. Hanne hatte damals mitbekommen, dass sich Eva und Georg im Arbeitszimmer ein ohrenbetäubendes Wortgefecht ablieferten. Nach dem furchtbaren Lärm herrschte ganz abrupt eine beängstigende Stille. Wutschnaubend hatte Eva die Villa verlassen. Auch Hanne konnte sie nicht aufhalten.

Von dem Tag an wurde Eva nie wieder in dem Haus ihrer Eltern oder im Büro der Firma gesehen. Sie zog um und meldete sich auch bei ihrer Mutter nicht mehr. Verzweifelt hatte Hanne versucht, von ihren anderen Töchtern etwas über Evas Aufenthaltsort zu erfahren, aber niemand schien etwas Genaues zu wissen. Nach fast zwei Jahren Ungewissheit war Bea rausgerutscht, dass Eva ein Kind bekommen hatte.

Hanne hatte Jette erst zu Gesicht bekommen, als Jettes Vater Alexander sich ein Herz gefasst und Hanne endlich mit ihrer siebenjährigen Enkelin besucht hatte.

Eva hatte sich als Kind immer um die kaputten und verdreckten Puppen gekümmert, die ihre ältere Schwester Bea nicht eines Blickes gewürdigt hatte. Umso mehr entsetzte es Hanne, als sie erfuhr, dass Eva ihre eigene Tochter im Stich gelassen hatte, als diese erst 14 war.

Kurz bevor Eva das Land verließ, traf sie sich mit Hanne in einem Café am Hafen. Es kam Hanne vor wie ein konspiratives Treffen zweier Agentinnen. Ihre Tochter war ihr völlig fremd geworden. Sie war abgemagert bis auf die Knochen und trug ihr Haar kurz geschoren. Ihre Jeansjacke war schmuddelig und sie roch muffig.

Bei dem Treffen im Café bettelte Eva Hanne an. Hanne entnahm Geld aus der Haushaltskasse für Eva und schickte ihr später auch immer wieder etwas nach Bali. Dafür pumpte sie Freundinnen sowie Bea und Mark an, manchmal klaute sie auch Scheine aus Georgs Portemonnaie.

Hanne schrieb Eva auch in die Ferne. Doch nur ganz selten war ein Lebenszeichen in Form einer Postkarte zurückgekommen.

Hanne schreckte hoch. Sie war eingeschlafen. Ein kleiner Mann im weißen Kittel stand vor ihr und tippte ihr an die Schulter. Ein Blick auf die große Uhr im Krankenhausflur verriet ihr, dass sie schon über eine Stunde hier saß.

„Ihr Mann musste ins künstliche Koma versetzt werden."

„Und was ... was bedeutet das genau?" Hanne rieb sich die Augen und bemerkte, wie steif sich ihr Rücken anfühlte.

„Wir können im Moment nicht viel tun. Er ist jetzt auf der Intensivstation. Dort bekommt er Infusionen und wird beobachtet." Der Arzt setzte sich neben Hanne und tätschelte kurz ihren Arm. „Ihr Mann hatte einen schweren Infarkt und gleichzeitig einen Schlaganfall. Das steckt man in dem Alter nicht mehr so leicht weg. Es tut mir leid."

Hanne heftete ihren Blick auf den grauen Linoleumboden.

„Gut, Frau Seefeldt, ich muss leider weiter." Der Arzt nahm ihre Hand und drückte sie. Dann verschwand er.

Hanne fühlte sich alleingelassen. Tränen rannen an ihren Wangen hinunter. Wo war Eva nur? Hanne schaute sich nach ihr um. Ihr fiel ein, dass Eva verabredet war. Sie rappelte sich hoch und schlich mit hängendem Kopf Richtung Ausgang.

Eva kam aus dem Aufzug.

„Kind, schön, dass du noch da bist. Wolltest du nicht ausgehen?" Hanne ging auf ihre Tochter zu und hielt sich an ihrem Arm fest.

„Ich musste noch mit der Agentur telefonieren. Es gibt so viel zu regeln für das Festival im Sommer. Da wird auf Feiertage keine Rücksicht genommen." Eva ließ ihr Handy in ihrer Tasche verschwinden. „Mein Date hat sich leider erledigt. Ich bin jetzt auch zu müde."

„Aha", brummelte Hanne nur. Sie schaute ihre Tochter an. Ihre Wimperntusche war verschmiert. Hatte sie etwa auch geweint?

Stockend wiederholte Hanne die Worte des Arztes. Eva drückte Hanne an sich. „Weißt du was?", sagte sie. „Wir fahren jetzt zu mir und ich zahle das Taxi."

4 | *Eva*

Eva spielte mit den knisternden Schaumkronen. Wieder ging ein Tag mit vielen Telefonaten und Mails zu Ende. Es gab enorm viel zu organisieren für das Benefizfestival im Sommer. Umso mehr genoss sie es nach so viel Stress, ein wenig in der Badewanne zu entspannen.

Knallkörper zischten vor dem Haus durch die Luft. Der Hund ihrer Nachbarn winselte. Weiter entfernt ertönte ein Martinshorn.

Eva tauchte ihren Kopf unter Wasser.

Sie machte ihren Job in einer Eventagentur mit viel Leidenschaft und in ihrem Team herrschte eine gute Stimmung. Sonst hätte sie sich wahrscheinlich auch nicht auf diese permanente Erreichbarkeit eingelassen.

Ihr Chef, der ein Freund ihres Schwagers Mark war, ließ sie schon seit fast einem Jahr in seiner Wohnung zu einer geringen Miete wohnen, weil er für längere Zeit im Ausland unterwegs war.

Eva tauchte wieder auf. Sie betrachtete sich, streichelte ihre Brüste und berührte sich im Schritt. Ein wohliger Schauer durchfuhr sie. Nach einem langen Kampf gegen sich selbst konnte sie jetzt, mit Mitte 40, ihren Körper endlich so akzeptieren, wie er war. Immer noch zeugten ihre eingefallenen Wangen und ihre fahle Haut von den Exzessen der Vergangenheit.

Erst im letzten Jahr musste Eva sich einige kaputte Zähne ziehen lassen. Ihre Zahnärztin meinte, dass das eine Spätfolge vom Crystal Meth sein könnte. Das ständige Zittern war glücklicherweise mit den Jahren weniger geworden.

Immer wenn der Rausch abgeklungen war, hatte sich Eva vor sich selbst geekelt. Alkohol hatte sie schon als Sechzehnjährige reichlich konsumiert. Sie war häufig mit älteren Jungs unterwegs gewesen. In dieser Clique gehörte Saufen zum Alltag. Um dem Prüfungsdruck standzuhalten, hatte sie zu Beruhigungsmitteln gegriffen. Trotz der Pillen war sie durch die Zwischenprüfung zur Reiseverkehrskauffrau gerasselt. Immer häufiger hatte sie sich auch in anderen Situationen mit Schmerzmitteln und Schnaps betäubt, von Mal zu Mal wurden ihre Entzugserscheinungen immer heftiger.

Schließlich kam dann auch Crystal Meth dazu. Da war sie erst 18.

Eva mochte gar nicht daran denken, wie oft sie heulend in irgendeiner Ecke gehockt hatte, wie sie völlig überdreht durch die Stadt gelaufen war oder jemand ihretwegen die Polizei gerufen hatte.

Erst neulich hatte Linda sie über diese extreme Zeit ausgefragt, aber es fiel ihr schwer, mit ihrer Freundin darüber zu reden. Eva hatte nur ausweichend geantwortet.

Sie war gespannt auf den Abend mit Linda. Eva wunderte sich, dass ausgerechnet ihre zurückhaltende Freundin die Reeperbahn zum Feiern vorgeschlagen hatte. Würde Eva standhaft bleiben und völlig auf Alkohol verzichten können?

Ihr Herz pochte, wenn sie die innigen Momente mit Linda heraufbeschwor. Lindas fülliger Körper gefiel Eva so sehr. Sie schwärmte von den Rundungen und liebkoste sie gerne. Nur selten dachte Eva noch an ihre Chefin auf Bali, die erste Frau, mit der sie Sex hatte. Schon komisch, dass sie erst so spät gemerkt hatte, dass sie auf Frauen stand.

Anfangs hatte sie auf Bali auch gegen Bezahlung mit Männern geschlafen. Es hatte ihr nichts ausgemacht. Sie sah es sportlich, rein körperlich. Und sie hatte damit ihren mickrigen Putzlohn aufgebessert.

„Ich bin lesbisch", das ging ihr immer besser über die Lippen. Es war für Eva wie eine Befreiung gewesen, als ihr klar wurde, dass sie Frauen liebte. Als sie dann vor zwei Jahren Linda wiedersah, war plötzlich alles ganz anders und gleichzeitig sehr vertraut zwischen ihnen. Sofort hatte Eva sich erregt gefühlt. Linda strahlte eine kompromisslose Anziehungskraft und eine wohlige Herzenswärme aus.

Seit über einem Jahr waren sie ein Paar. Doch bisher hatten sie es geheim gehalten. Schon vor Evas Fortgehen nach Bali waren Eva und Linda gute Freundinnen geworden. Eva hatte Linda als Lehrerin ihrer Tochter Jette kennengelernt. Sie hatten häufiger etwas gemeinsam unternommen und sehr offen miteinander geredet. Doch die Drogen hatten vieles zwischen ihnen kaputtgemacht. Eva hatte mit Anfang 30 einen Rückfall gehabt, da war ihre Tochter 11. Immer wieder war Eva unzuverlässig, ausfallend, manchmal sogar handgreiflich gewesen. Sie musste Entziehungskuren machen. Jette hatte in dieser Zeit mehrere Monate abwechselnd in einem Heim oder bei ihrem Vater Alexander gelebt.

Eva hatte Linda vor vollendete Tatsachen gestellt, als sie ging. Erst nach einem Monat hatte sie ihrer Freundin von Bali eine Postkarte geschickt. Linda wiederum schrieb Eva viele verzweifelte Briefe. Eva hatte sich über Sätze wie „Ich denke ständig an dich" oder „Ohne dich ist es hier grau und leer" gewundert. So kannte sie Linda bisher nicht.

Eva hatte sich nur sporadisch bei Linda gemeldet. Sie wollte keine Moralpredigten hören, sehnte sich nach Unabhängigkeit und einem Neuanfang. Dieser „Neuanfang" sollte zehn Jahre dauern. Erst dann kam sie wieder zurück nach Deutschland.

Nun hockte Eva nur in Unterhose und Nylonstrumpfhose auf dem Klodeckel und lackierte sich die Fingernägel. Das Bündchen der Strumpfhose schnürte ihren Bauch ein und raubte ihr fast den Atem. Eva war sehr dünn, ihre Beckenknochen stachen hervor, aber diese Perlons waren verdammt nochmal immer zu eng.

Sie überlegte, ob sie das Kleid mit dem Leopardenmuster oder lieber einen langen Rock mit einer gestreiften Bluse anziehen sollte. Noch vor ein paar Jahren hatte sie viel weniger Klamotten im Schrank gehabt. Auf Bali brauchte man nicht so viele lange Hosen, gefütterte Schuhe und lange Mäntel. Seit sie wieder in Hamburg war, hatte sie ihre Lust an der Mode wiederentdeckt. Am liebsten stöberte sie in ausgewählten Secondhand-Läden nach bunt gemusterten Blusen und extravaganten Schuhen.

Der Spiegel über dem Waschbecken war beschlagen und durch das Bad waberte der Wasserdampf wie Nebel. Eva schaltete das Radio ein. Auf NDR 2 lief „Supergirl". Sie sang laut mit und wippte mit den Füßen im Takt. Sie hätte Rea Garvey sehr gerne beim Festival dabei, aber ihr Chef war der Meinung, dass das im Budget nicht mehr drin war.

Ihr Handy klingelte. Warum bloß hatte sie es nicht ausgestellt?

Eva hoffte inständig, dass das nicht wieder jemand vom *Budenzauber* war. So sehr sie ihre Arbeit mochte, jetzt wollte sie nichts mehr von der Agentur hören, sondern nur für Linda und sich da sein.

Linda war dran.

Eva versuchte, den frisch aufgetragenen Nagellack nicht zu berühren und klemmte sich ihr Smartphone umständlich zwischen Ohr und Schulter.

„Bist du pünktlich?", wollte Linda wissen.

„Natürlich, ich bin spätestens in einer Stunde bei dir", bekräftigte Eva und schickte ihrer Freundin einen Kuss.

„Ich bin mal eben rausgegangen. Jette ist bei mir. Es geht ihr gar nicht gut. Sie hat Stress mit ihrem Dozenten. Du solltest mal mit ihr reden."

„Oh, Jette ist bei dir." Eva schluckte. Mit dem Zeigefinger malte sie Kringel ins Waschbecken. „Pass auf, Linda-Schatz, heute lässt du mal die Mutter Teresa in dir ruhen und freust dich auf eine groovige Nacht mit mir." Sie sprach sehr hastig. „Jette kommt schon klar. Grüß sie schön von mir."

Eva legte auf und atmete durch. Musste sie denn immer so cool tun? Ihre Tochter war wie eine offene Wunde in ihrem Leben.

Seit Eva wieder in Deutschland war, hatte sie bereits mehrere Versuche gestartet, mit Jette Kontakt aufzunehmen. Doch Jette hatte alle diese Versuche ignoriert oder mit Kotz-Smileys kommentiert. Das frustrierte Eva natürlich, doch sie fand es durchaus nachvollziehbar, dass ihre Tochter nach ihrer gemeinsamen Vorgeschichte nichts mit ihr anfangen konnte. Alle waren damals für Jette da gewesen: Alexander, Bea, Fritzi, Linda, ihre Mutter Hanne.

Nur sie nicht.

Ausgerechnet in der Pubertät hatte Eva ihre Tochter bei ihrem Vater Alexander und seiner Frau zurückgelassen, um einen Egotrip zu unternehmen. Würde sie sich das jemals verzeihen können?

Ja, Eva hatte Jette im fernen Bali vermisst. Nur hatte sie dieses Vermissen auch genossen. Und sie hatte lange gar nicht die Kraft gehabt, sich ihren Pflichten zu stellen. Nach fast zehn Jahren wurde die Sehnsucht nach vertrauten Personen dann aber doch zu stark, sie hatte fast kein Geld mehr und wurde des tropischen Klimas überdrüssig. So war sie schließlich in die Heimat zurückgekehrt.

So gerne wäre sie mal nach Leipzig gefahren, um ihre Tochter in ihrem Studienort zu besuchen. Doch es fehlte ihr der Mut dazu.

Eva nahm sich vor, nochmal mit ihrer Therapeutin über alles zu reden.

Seit zwei Jahren versuchte Eva, so gut wie möglich wieder in Hamburg und in ihrer Familie Fuß zu fassen. Dazu gehörte auch, dass sie viel arbeiten musste, um Bea und Mark das Geld zurückzahlen zu können, das sie ihr für den Start in Deutschland geliehen hatten.

Der knallrote Nagellack war getrocknet, sah aber nicht besonders glatt aus. Eva beschloss, nicht weiter darauf zu achten. Sie zog sich gerade das Leopardenkleid über den Kopf, als jemand bei ihr Sturm klingelte.

Ihre Mutter stand mit zerzaustem Haar vor der Tür und wirkte auf Eva in diesem Moment ganz klein und zart. Hanne, die jahrzehntelang in der gehobenen Hamburger Gesellschaft anerkannt war, die die Fahne für die Familie hochgehalten hatte, machte jetzt einen sehr zerbrechlichen Eindruck. In Hausschuhen, ohne Hut und mit hängenden Schultern stand sie vor ihr.

Eva ließ sie hinein.

Hanne bettelte förmlich um Evas Begleitung in die Klinik. Eva ertrug diese Unterwürfigkeit ihrer Mutter kaum, und vor allem wollte sie sich ihre Verabredung mit Linda nicht verderben lassen.

In ihr sträubte sich alles. Konnte sich nicht jemand anders um ihre Mutter kümmern?

Doch am Ende siegte ihr Mitgefühl und auch ein fast verschüttetes Verantwortungsbewusstsein meldete sich bei Eva. Sie schrieb rasch eine Nachricht an Linda:

> Weiß noch nicht, ob ich kommen kann. Tut mir sehr leid. Melde mich später nochmal.

Dann schlüpfte sie in eine Jeans und zog sich rasch einen Pulli und eine Jacke über. Es fühlte sich sogar ein bisschen gut an, dass sie ihrer Mutter mit festen Schuhen und einer Mütze aushelfen konnte.

Auf dem Weg zur Haltestelle fragte sich Eva, ob sie um ihren Vater trauern würde, wenn er jetzt starb. Wie um diesen Gedanken zu entfliehen, beschleunigte sie ihre Schritte.

Doch der Vergangenheit konnte man nicht entkommen. Der Vorfall vor über zwanzig Jahren im Arbeitszimmer ihres Vaters kam wieder hoch, sie konnte sich nicht dagegen wehren. Eva bekam auch nach all den Jahren noch Gänsehaut, wenn sie an den Streit mit ihrem Vater dachte. Nach vielen Therapiestunden war ihr klar geworden, dass sie sich oft so leer gefühlt und nach Suchtmitteln gegriffen hatte, weil sie von ihrem Vater nie Anerkennung erhalten hatte.

Ein Jahr lang hatte Eva in seiner Reederei gearbeitet und viele Überstunden gemacht. Alexander hatte behauptet, dass Georg in großem Stil Steuern hinterziehen und häufiger Schulden machen würde. Sie kannte Alexander, weil die Reederei Seefeldt öfter mit der Firma seines Vaters zusammenarbeitete. Auch Eva war bei einigen Zahlen und Entscheidungen stutzig geworden. Daraufhin hatte sie heimlich einen Stapel Aktenordner aus dem Büro ihres Vaters mit nach Hause genommen und sich die Unterlagen mit Hilfe von Alexander an mehreren Abenden genauer angesehen. Gemeinsam hatten sie weitere Ungereimtheiten in den Bilanzen ihres Vaters entdeckt.

Nach diesen Treffen war sie ein paar Mal mit Alexander im Bett gelandet.

Georg hatte Eva stets unterschätzt. Sie wollte Gerechtigkeit, sie ging den Sachen auf den Grund.

An dem Tag, an dem sie mit ihrem Vater über ihre Verdächtigungen reden wollte, hatte Eva erst Aufputschmittel und dann etwas zum Beruhigen eingeschmissen. Im Supermarkt hatte sie sich dann noch zwei Piccolo geholt, von denen sie einen sofort geleert hatte. Alles in allem eine unheilvolle Melange, wie sich herausstellen sollte.

Eva hätte ihrem Vater fast auf den Tisch gekotzt. Er hatte sie so angewidert mit seiner Rechthaberei, seiner Arroganz. Allein die Tatsache, dass Georg meistens gar nicht in der Firma anwesend war, sondern von seinem häuslichen Thron aus schaltete und waltete, brachte Eva auf die Palme.

Sie hatte ihm alles, was sie wusste und so maßlos ärgerte, vor die Füße geknallt.

Anfangs schien er ihr gar nicht richtig zuzuhören, sondern saß mit verschränkten Armen da und starrte aus dem Fenster. Erst als Eva nach dem großen Schiffsmodell auf seinem Schreibtisch gegriffen und „Hör mir jetzt endlich zu! Du bringst uns alle in Gefahr!" geschrien hatte, drehte er sich blitzschnell zu ihr und packte sie am Arm. Eva hatte das blanke Entsetzen in seinen Augen gesehen.

„Ab jetzt habe ich nur noch zwei Töchter", hatte er gebrüllt und Eva eine schallende Ohrfeige verpasst. Sie schwankte, hielt sich verblüfft die Wange. Nach einer kurzen Schockstarre rannte sie aus Georgs Arbeitszimmer. Er hatte sie gedemütigt, sie verstoßen. So was hatte sie bis dahin nur aus Märchen oder schlechten Filmen gekannt.

Eva beschloss, nie wieder mit ihrem Vater zu sprechen. Ein Urintest bestätigte dann ein paar Wochen später, dass sie in anderen Umständen war. Mit 19 war Eva plötzlich arbeitslos, ungeplant schwanger und ihr Vater wollte sie nicht mehr sehen. Trotz dieser Widrigkeiten wollte sie das

Kind bekommen. Daran hatte sie keinen Zweifel. Sie wusste auch, dass Alexander der Vater war. Eva wollte es ihm zunächst nicht erzählen, aber sie brauchte seine finanzielle Unterstützung. Alexander hatte ihr einen Heiratsantrag gemacht, aber sie hatte abgelehnt. Er hatte nicht verstanden, warum sie nicht mit ihm leben wollte.

Eva und ihre Mutter waren nun am Universitätsklinikum angekommen und mussten aussteigen. „Du kannst deine Maske abnehmen", sagte Eva und riss sich ihre erleichtert vom Gesicht.

„Ach, die müssen wir ja doch gleich wieder aufsetzen", erwiderte ihre Mutter und ließ ihren Mundschutz, wo er war.

„Stimmt, da drinnen ist ja noch Maskenpflicht." Eva stöhnte. „Na, dann mal los!"

Sie war erschrocken darüber, dass ihre Mutter so langsam geworden war. War das so, weil sie unter Schock stand?

„Oh nee, das nicht auch noch!", entfuhr es Eva.

„Was denn?" Hanne runzelte die Stirn.

Eva zeigte auf ein großes Zelt vor dem Haupteingang. „Wir müssen uns noch testen lassen!"

„Ach, herrje, wann ist dieser Spuk endlich vorbei?", jammerte Hanne.

Sie reihten sich in die Schlange vor dem Zelt ein. Vor ihnen standen etwa zwanzig Personen. Eva fror. Sie sah, dass ihre Mutter auch zitterte. Nirgends gab es einen Stuhl oder eine Bank. Eva legte einen Arm um ihre Mutter und versuchte sie zu wärmen. Musste das denn sein? Musste man sie hier so lange in der Kälte warten lassen? Hätte man nicht im Gebäude einen Schnelltest anbieten können? Es dauerte fast 40 Minuten, bis sie endlich ihre Ergebnisse hatten. Sie waren beide negativ. Eva nahm ihre Mutter am Arm. „So, nun auf zur Notaufnahme."

Nachdem sie sich angemeldet hatten, setzten sie sich auf zwei harte Plastikstühle in einem endlos wirkenden Gang. Hanne knetete ihre Hände und schaute auf ihren Schoß. Eva machte ein paar Atemübungen, die ihr ihre Yogalehrerin gegen Verspannungen gezeigt hatte. Wie es ihrem Vater jetzt wohl ging? Würde er etwas spüren oder war er bewusstlos? Das Personal wollte keine näheren Auskünfte geben.

Nach einer Weile zog Eva ihr Telefon aus der Tasche. Es zeigte mehrere verpasste Anrufe von Linda an. Sie stupste ihre Mutter in die Seite. „Du, ich geh mal frische Luft schnappen und muss noch telefonieren." Sie stand auf.

„Ist gut." Hanne nickte leicht.

Im Eingangsbereich sprachen Sanitäter hektisch und laut in ihre Funkgeräte. Mehrere Krankenwagen standen mit geöffneten Türen in der Auffahrt. Die glatten Flächen auf dem Vorplatz waren gestreut worden und nun bildete sich Matsch. Das Blaulicht spiegelte sich in den Pfützen. Vor dem Testzelt warteten immer noch viele Menschen. Eva verkrümelte sich in einen kleinen Park und lehnte sich gegen einen Baum. Sie rief Linda zurück.

„Sag mal, was denkst du dir dabei, dich nicht zu melden!", motzte Linda gleich drauflos. „Ich sitze hier wie auf Kohlen. Ich bin echt enttäuscht."

„Linda, ich hab dir doch geschrieben, dass ich noch nicht genau weiß, ob ich kommen kann", erklärte Eva mit dünner Stimme.

„Ja, das war vor fast zwei Stunden und du gehst nicht an dein Telefon", erwiderte Linda.

„Lass es mich bitte erklären." Eva ging auf und ab. „Mein Vater ist zusammengebrochen und nun im Krankenhaus. Ich bin jetzt hier mit meiner Mutter im UKE, es geht ihr nicht gut. Es tut mir furchtbar leid, aber mir ist nicht mehr nach einem Kneipenbummel. Vielleicht ... vielleicht kannst du ja mit Sima losziehen."

Eva hatte das Gefühl, dass alle Energie aus ihrem Körper geflossen war. Sie steckte sich eine Zigarette an. Am anderen Ende war ein Poltern zu hören. Wahrscheinlich war Linda etwas hinuntergefallen.

„Können wir bitte morgen darüber sprechen? Magst du vorbeikommen?", fragte Eva kleinlaut.

Linda räusperte sich. „Mal sehen. Dann alles Gute für deinen Vater", sagte sie nur und legte auf.

Eva versuchte, Linda nochmal zu erreichen, aber es gelang ihr nicht. Ihre Augen wurden feucht. Warum löste Linda in ihr nur immer wieder solche Schuldgefühle aus? Eva drückte ihre Zigarette aus. Aus einem Getränkeautomaten in der Eingangshalle holte sie sich einen Kaffee und leerte den Becher in einem Zug. Das Zeug schmeckte ihr nicht, aber wenigstens wurde ihr für den Augenblick etwas warm. Eva konnte es nicht lassen und zündete sich eine weitere Zigarette an.

Als sie bei der Notaufnahme aus dem Aufzug trat, sah

Eva, dass ihre Mutter ihr entgegenkam. Wie sie schon geahnt hatte, durften sie nicht zu Georg. Hanne berichtete ihr kurzatmig von seinem schlechten Zustand und schniefte. Ohne weiter nachzudenken, lud Eva Hanne zu sich nach Hause ein.

Eva war erleichtert, als sie endlich wieder mit ihrer Mutter in ihrer Wohnung war. Sie saßen nebeneinander auf dem Sofa und legten die Beine hoch. Hanne lehnte ihren Kopf an Evas Schulter. Für einen kleinen Moment wollte Eva dem Reflex nachgeben, ihre Mutter abzuschütteln. Doch sie ließ sie gewähren. Ihre Mutter tat ihr einfach nur leid. Wenn Georg nicht wieder aufwachen würde, würde ihre Mutter noch einsamer sein als sowieso schon. Immer noch mochte Eva ihrer Mutter kaum in die Augen schauen. Sie hatte ihr wegen Jette nie Vorwürfe gemacht, aber sie hatte Erwartungen an sie, das spürte Eva.

„Mama, ich mache uns eine heiße Milch mit Honig, okay?" Eva raffte sich langsam hoch. „Möchtest du was im Fernsehen gucken?"

Hanne schüttelte den Kopf. „Nein, danke. Ich wollte ja mit Papa eine Gala sehen, aber jetzt mag ich nicht mehr." Sie ordnete ihre Frisur. „Aber so eine heiße Milch nehme ich gerne, Liebes."

Gähnend ging Eva in die Küche und setzte einen Topf auf den Herd. Warum nur war ihre Mutter so lange bei ihrem Vater geblieben? Eva hatte es nie verstanden. Sie wussten doch alle, wie schwierig er war und wie sehr er seine Frau unterdrückte.

Eva erinnerte sich an die Texte, die sie als junge Erwachsene im Nachtschrank ihrer Mutter gefunden hatte. Aufgeregt hatte sie die Artikel und Entwürfe für Kolumnen überflogen und war begeistert von dem treffsicheren Schreibstil gewesen. Sie war davon überzeugt, dass aus ihrer Mutter eine gute Journalistin geworden wäre.

Durch ihre Träumereien wäre beinahe die Milch übergekocht, doch Eva zog im letzten Moment den Topf von der Platte. Sie füllte die Milch in zwei Tassen und gab je einen Löffel Lindenhonig dazu. Das hatte ihre Mutter ihren Töchtern auch immer so zubereitet, wenn sie krank waren.

„Evelyn, darf ich dich was fragen?" Hanne pustete über ihre Tasse.

Eva nickte.

„Konntest du eigentlich während der Schwangerschaft auf die Drogen verzichten?"

Eva schwieg eine Weile und dachte nach. „Ja, konnte ich. Nur im ersten Monat, als ich es noch nicht wusste und diesen furchtbaren Krach mit Papa ... äh ... Georg hatte, hatte ich definitiv zu viel Tabletten und Alk intus. Aber ab dem Moment, ab dem der Schwangerschaftstest positiv war, bis zur Geburt nicht mehr. Und auch als ich Jette gestillt habe, brauchte ich nichts." Eva schaute auf ihren Bauch und zog ihren Pulli nach unten. „Wie kommst du denn jetzt darauf?"

„Vielleicht deshalb." Hanne blickte auf ein Foto, das auf dem Couchtisch lag. Es zeigte Jette im Kindergartenalter lachend mit anderen Kindern auf einem Spielplatz. Eva nahm das Bild in die Hand und betrachtete es nachdenklich.

„Der Rückfall kam erst so zehn Jahre später."

„Das weiß ich doch", sagte Hanne und nahm einen kleinen Schluck Milch.

Eva stand auf. „Ich mach dir mal dein Bett im Gästezimmer fertig", sagte sie und verschwand. Sie wollte nicht mit ihrer Mutter über Jette reden, es schmerzte sie zu sehr.

Im Gästezimmer bezog Eva eine Daunendecke und ein Kissen. Als sie im Schrank nach einem Bettlaken suchte, klingelte ihr Handy. Eva ging davon aus, dass es Linda war. Doch es war Jette. Sie ließ sich auf das Bett sinken. Ihr Herz zersprang fast vor Nervosität.

„Ich wollte dir ein frohes neues Jahr wünschen. Wie geht es denn Oma und Opa?" Eva konnte den Atem ihrer Tochter hören.

„Äh, Oma ist hier bei mir", stieß Eva hervor. „Und Opa ist im Krankenhaus. Ich ... ich wünsche dir auch ein ganz tolles neues Jahr." Ein Lächeln zog sich langsam über ihr Gesicht.

„Okay, danke", sagte Jette. „Ich bin auf einer Party. Linda war vorhin auch hier, sie hat mir das von Opa erzählt." Jette lachte unsicher. „Ich hab etwas viel getrunken, aber es geht mir gut."

„Wie schön, dass es dir gut geht ... mein ... mein Kind", stotterte Eva.

„Tschüss dann, drück Oma mal bitte ganz herzlich. Und bis bald mal", hauchte Jette.

„Ja, das mach ich. Bis bald, Jette. Hoffentlich!"

Eva starrte auf das Display. Jette hatte aufgelegt. Wie schön das klang, „bis bald". Wie wunderschön.

Sie lief zurück ins Wohnzimmer. „Mama, du glaubst nicht, wer sich bei mir gemeldet hat!", rief Eva Hanne erfreut zu. Doch die schlief bereits tief und fest auf dem Sofa.

Eva nahm eine Wolldecke vom Sessel und legte sie behutsam über ihre Mutter.

5 | *Jette*

Jette trat ein paar Schritte von der Staffelei zurück und betrachtete zufrieden ihr Werk. Sie war so vertieft, dass sie gar nicht gehört hatte, dass Egon hereingekommen war. Er stellte sich hinter sie. Jette spürte seinen Atem in ihrem Nacken.

„Sieht ganz ansehnlich aus", murmelte ihr Dozent. „Nur mal wieder zu chaotisch. Fokussiere dich auf die Mitte, deine Arbeiten brauchen mehr Klarheit." Er deutete mit der Hand eine Wischbewegung an und kniff die Augen zusammen.

Dieses ewige Belehren hatte Jette so satt. Noch schlimmer war für sie allerdings Egons Distanzlosigkeit.

Sie ging zwei Schritte zur Seite. Dann drehte sie sich zu ihm um. Beinahe riss sie dabei die Staffelei um. „Könnten Sie bitte anklopfen, bevor Sie hereinkommen?", ging sie ihn forsch an und konnte seinem Blick standhalten. „Und ich mag es auch nicht, wenn Sie mir in den Rücken sprechen."

„Ach, ihr jungen Dinger müsst wirklich noch viel lernen." Er lachte dreckig. „Seit wann siezt du mich eigentlich wieder?"

Jette schmiss den Pinsel, den sie die ganze Zeit verkrampft in der rechten Hand gehalten hatte, ins Waschbecken. „Ich habe Sie noch nie geduzt! Was machen Sie überhaupt hier? Ich dachte, Sie wollten nach New York."

„Wie du siehst, bin ich noch nicht weg." Ihr Dozent steckte seine Hände in die Hosentaschen. „Und was machst du noch hier, Fräulein? Ich hab dir den Schlüssel nicht gegeben, damit du hier die ganzen Weihnachtsferien verbringst." Er trat gegen ein Papierknäuel, das auf dem Boden lag.

„Keine Sorge, ich sitze praktisch schon im Zug nach Hamburg!" Jette warf ihrem Dozenten ein Schlüsselbund zu und rannte an ihm vorbei. Sie holte sich ihren Wintermantel und einen kleinen Rollkoffer aus dem Nebenraum und sprang förmlich in den Fahrstuhl. Was fiel diesem Mistkerl eigentlich ein? Wenn der wüsste, dass sie gerade einen Vertrag für eine eigene Ausstellung unterschrieben hatte!

Als sie das Gebäude der Hochschule verließ, atmete Jette tief durch und sog die kalte Luft in sich ein.

Sie fuhr mit dem Bus von der Hochschule zum Leipziger Hauptbahnhof. Dort rannten viele Menschen an ihr vorbei, sie wurde angerempelt und verlor fast das Gleichgewicht. Am Ticketautomaten zog Jette sich ihren Fahrschein. Zum Glück hatte sie in den letzten vier Monaten gut Geld verdient, da tat es nur halb so weh, dass der ICE jetzt zu den Feiertagen elendig teuer war. Im Sommer hatte Jette das 9,-€-Ticket gefeiert und sie hatte nicht begriffen, dass es nach nur drei Monaten wieder eingestampft wurde.

Alle gingen davon aus, dass Jette wie zu Beginn ihres Studiums kellnerte, aber das machte sie nur noch selten. Den Großteil verdiente sie sich mit Modeln.

Ihre Ohren waren eiskalt und sie ärgerte sich über sich selbst, dass sie in der Eile vergessen hatte, eine Mütze mitzunehmen. Sollte sie lieber nicht diese großen Ohrringe tragen? Zogen die die Kälte noch an? Ihre Mutter hatte ihr die Creolen zu Weihnachten geschickt. Jette war verwundert gewesen über so ein persönliches Geschenk von Eva. Aber ohne weiter darüber nachzudenken, hatte sie den Ohrschmuck angelegt und ihn so sehr gemocht, dass sie ihn nun jeden Tag trug.

Bedankt hatte sie sich bisher dafür nicht.

Jette ging auf dem Bahnsteig auf und ab und musste auch an ihren Vater denken. Für Jettes Kreativität und ihren Wunsch, Kunst zu studieren, hatte Alexander kein Verständnis. Er war Geschäftsmann durch und durch und arbeitete immer noch in der Reederei seines Vaters. Es hatte unendliche Diskussionen über Jettes Berufswahl gegeben, bis sie nach einem Jahr als Au Pair in Frankreich und vielen Gelegenheitsjobs mit ihrem Kunststudium begonnen hatte. Ihre Großmutter Hanne, ihre ehemalige Lehrerin Linda und auch ihre Stiefmutter Yasmina hatten sie darin bestärkt.

Irgendwann war Alexander bereit, zumindest die Miete für Jettes kleine Wohnung zu übernehmen.

Ihr Vater und Yasmina hatten Jette für Silvester eingeladen, aber sie hatte so gar keine Lust auf eine Feier mit Kleinkindern und die aufgesetzte Fröhlichkeit ihres Vaters. Nur Karla hätte sie gerne mal wiedergesehen. So hatte Jette abgesagt. Ihr Vater hatte ihr Sturheit und Ignoranz vorgeworfen.

Jette freute sich stattdessen auf ihren Schulfreund Jan und seine Einladung zu einer Party in der Hafencity. Sie kannte Jan schon lange und sie schrieben sich regelmäßig Nachrichten. Dabei hatten sie verabredet, dass Jette für zwei Nächte bei ihm bleiben würde.

Vom Hamburger Hauptbahnhof aus ging Jette zu Fuß zu Jans Wohnung in St. Georg. Mit ihren dünnen Chucks kam sie im Schneematsch kaum voran.

„Hi, meine Schöne", begrüßte Jan sie an der Wohnungstür und drückte ihr einen Kuss auf die Wange. Irritiert trat Jette einen Schritt zurück. Sollte das ein Annäherungsversuch sein? Sonst hatte es zwischen ihnen außer Umarmungen keine zärtlichen Gesten gegeben.

„Was?", lachte Jan. „Zu viel des Guten?"

Jette dachte kurz nach. An seinem Kuss war nichts Verwerfliches, aber sie kam mit überraschenden Zärtlichkeiten gerade nicht gut klar. Sollte sie ihm vielleicht von Egon erzählen? Doch sie verwarf den Gedanken gleich wieder.

Ein wenig verlegen fuhr sie über ihren rechten Ohrring.

„Alles gut. Ich wundere mich nur etwas." Sie zog ihren Mantel aus und gab ihn Jan. „Kaum ist Shirin weg, flirtest du mit mir." Jette stellte ihren Trolley an die Garderobe.

„Mit Shirin hat das nichts zu tun, Jette." Jan hängte ihren Mantel auf einen Bügel. „Ich war doch schon in der Grundschule in dich verliebt. Ich war nur zu schüchtern, es dir zu sagen." Er zwinkerte ihr zu.

„Schon klar." Jette grinste.

„Mach es dir hier gerne gemütlich." Er zeigte Richtung Wohnzimmer. „Ich muss noch zur Chorprobe. Wir haben Neujahr einen Auftritt."

„Oh, seit wann singst du im Chor?"

„Schon länger. Hab ich dir bestimmt geschrieben. Übrigens habe ich über eine Mitsängerin Tickets für das Benefizfestival in Berlin bekommen."

Jan reichte Jette eine Eintrittskarte. „Wäre schön, wenn du mitkommst."

„Ist das die Veranstaltung für den Freiheitskampf iranischer Frauen?" Jette nahm die Karte in die Hand. „Wusste gar nicht, dass es schon einen Vorverkauf gibt. Da würde doch Shirin sicher auch gerne mit dir hingehen."

„Die meldet sich nicht mehr. Wie heißt es doch so schön: Scheiß auf Freunde-Bleiben. Das funktioniert mit Ex-Freundinnen nicht." Jan schaute auf seine Füße. „Woher weißt du denn von dem Event?"

„Von meiner Tante Bea. Sie hatte zusammen mit der Oma von meinen Halbgeschwistern die Idee für das Festival. Die Agentur, in der meine Mutter arbeitet, macht angeblich sogar das Line-up und die weitere Planung. Ach ja, Yasmina ist auch noch mit eingespannt." Jette lachte auf. „Du siehst, das ist eine reine Familienangelegenheit."

„Echt cool! Hast du denn wieder Kontakt zu deiner Mutter?"

„Nö, aber Beas Mann kennt den Chef meiner Mutter in der Agentur."

„Okay. Ich finde das toll mit dem Festival. Da wird ordentlich Kohle zusammenkommen. Und wenn Karlas Oma das direkt weiterleitet, ist das echt super. Schafft ja auch Aufmerksamkeit für den Aufstand der Frauen."

Jette staunte über Jans leidenschaftliches Plädoyer für den Freiheitskampf. Sie hatte ihn nie als besonders politisch engagiert erlebt. Auch Shirin nicht. Sie war früher mit ihr in einem Oberstufenkurs gewesen. Bio? Kunst? Sie wusste es nicht mehr.

„Ich möchte auf jeden Fall hingehen. Was bekommst du denn dafür?"

„Du bist natürlich eingeladen." Jan guckte empört, bevor er einen Blick auf die Uhr warf. „Hilfe, ich muss los. Unsere Chorleiterin ist sehr streng." Er kramte in der Jackentasche nach seinem Autoschlüssel.

Jette drückte ihn kurz.

„Lass uns doch morgen zusammen frühstücken. Ich bringe Brötchen von meiner Laufrunde mit", sagte Jan. „Abends sehen wir uns dann ja stundenlang. Mega!"

„Ja, gerne Brötchen – und auf die Party freue ich mich total. Ansonsten mach dir um mich keine Sorgen. Ich werde erst mal dein Bad und dann deine Couch belegen. Morgen will ich auch noch zu Linda." Jette griff nach ihrem Köfferchen.

„Gut, dann bis später."

Wieder küsste Jan sie. Und es gefiel ihr.

Am nächsten Nachmittag nahm Jette die S-Bahn nach Harburg zu Linda. Ihre ehemalige Lehrerin und ihre Tante Fritzi waren die Einzigen in Hamburg, mit denen Jette einigermaßen offen von Frau zu Frau reden konnte. Mit ihrer Oma Hanne führte Jette zwar gute, aber eher oberflächliche Gespräche.

Eine gute Freundin hatte sie hier nicht mehr. Hatte sie überhaupt jemals eine gute Freundin gehabt? In dem Heim, in dem sie zeitweilig untergebracht war, gab es jedenfalls niemanden, dem sie vertraute.

Am Abend vorher war Jette früh eingeschlafen. Sie hatte

Jan nicht mehr gehört. Er hatte ihr am Morgen ein wunderbares Frühstück mit krossen Brötchen, leckeren Käsesorten und Lachs gezaubert. Sie hatten sehr locker über alte Zeiten geplaudert. Jette war errötet, wenn Jan sie verschmitzt angelächelt hatte.

Bekleidet mit einem roten Glitzer-Pulli und einer eng anliegenden schwarzen Hose öffnete Linda die Wohnungstür. „Jette? Das ist ja eine Überraschung! Wir waren doch erst für morgen Mittag verabredet." Linda klang nicht begeistert.

„Ja, die Spontanität teile ich offenbar mit meiner Mutter", gab Jette patzig zurück. „Sorry, aber ich hab was auf dem Herzen und dachte, ich kann kurz mit dir quatschen."

„Schon in Ordnung, komm rein. Aber ich werde in eineinhalb Stunden abgeholt." Linda ließ Jette in die Wohnung.

„Ist okay, ich bleibe nicht lange." Abwehrend hob Jette die Hände. Sie begutachtete Lindas Kleidung genauer. „Wow, alles sehr geschmackvoll! Ist der Pulli neu?" Jette hängte ihren Mantel und ihren Schal an die Garderobe.

„Ja, die Hose auch. Gefällt es dir?" Linda strich sich über ihren rechten Oberschenkel. Jette klatschte Beifall. Linda hatte so viel an ihrem Äußeren verändert. Ihre Haare waren blond gefärbt und sie trug einen modernen Kurzhaarschnitt. Eine Brille mit dickem rotem Rand zierte ihr Gesicht. Die enge Hose betonte ihren runden Hintern. „Aber hallo! Vor allem die Hose steht dir voll gut. Und ich liebe ja dieses Glitzerzeug." Jette fasste Lindas Pulli an. „Seit wann machst du dich denn so zurecht?"

„Na ja, wenn ich ausgehe, möchte ich schon mal was Besonderes tragen." Linda verwuschelte ihr Haar.

„Gehst du auch auf 'ne Party?", fragte Jette.

„Ich geh mit Eva aus", erwiderte Linda.

„Wie schön, freut mich für euch. Macht ihr also wieder was zusammen?" Jette stieg eine Geruchsmischung aus Weihnachtstee und parfümierter Katzenstreu in die Nase. Sie musste niesen.

„Ja, deine Mutter und ich treffen uns ab und zu", erklärte Linda. Sie führte Jette in die Küche und schenkte Tee aus einer Thermoskanne für sie beide ein.

„Echt frisch hier!" Jette strich sich fröstelnd mit den Händen über die Arme. „Sparst du etwa wieder Heizkosten?"

Linda sagte dazu nichts.

Als sie am alten Küchentisch Platz genommen hatten, schilderte Jette ihr mit Händen und Füßen, wie nah ihr ihr Dozent gekommen war. Ihn interessierten ihrer Meinung nach ihre Kunst, ihre Ideen überhaupt nicht. Jette nannte ihren Dozenten einen „narzisstischen Kotzbrocken".

„Und es war nicht das erste Mal, dass er übergriffig wurde." Jette schmiss Lindas dicken Kater von ihrem Schoß und wischte die Katzenhaare von ihrer Jeans. „Wenn das so weitergeht, zeige ich den an!" Wieder musste sie niesen.

„Möchtest du noch Tee?", fragte Linda.

„Ich bräuchte jetzt eigentlich etwas Stärkeres." Jette schüttelte sich. Wieso ging Linda nicht auf das ein, was sie sagte?

„Bekommst du doch sicher später auf der Fete", meinte Linda kühl. Sie stand auf und suchte im Schrank nach Kandis.

„Ihn anzeigen?" Linda drehte sich wieder Jette zu. „Findest du das nicht sehr überzogen? Vielleicht wollte er dir wirklich nur Tipps geben. Der hat dich doch nicht mal berührt."

„Oh, herzlichen Dank für dein Verständnis. DU hättest das geil gefunden, oder wie?" Jette sprach mit quietschender Stimme.

„Nein, das nicht." Linda setzte sich wieder hin. „Aber wir haben das früher nicht so dramatisiert. Unser Rektor hat meine Kolleginnen und mich manchmal auch umarmt und uns beim Fasching oder so auch einen Kuss aufgedrückt."

„Und das war für euch in Ordnung? Das ist doch mega grenzüberschreitend. Ich war übrigens mit dem Mistkerl mutterseelenallein im Raum. Er stellt sich oft so nah hinter mich. Ich bin dann jedes Mal wie gelähmt." Jette schob sich die Ärmel hoch. „Der genießt es total, Macht über mich auszuüben." Sie haute mit der Faust auf den Küchentisch.

„Ja, aber anzeigen bringt doch nichts. Wie willst du das denn alles beweisen? Und vor Gericht werden die Opfer ganz schön gequält." Linda zündete ein Teelicht an und bückte sich zu einer ihrer Katzen runter, um ihr über den Rücken zu streichen. „Vielleicht solltest du zuerst mit der Hochschulleitung sprechen."

„Das kannst du vergessen. Die haben überhaupt keine offenen Ohren für persönliche Belange. Ich habe es letztens einer Kommilitonin erzählt. Die mag Egon auch nicht, findet aber sein Verhalten jetzt auch nicht so schlimm. Neulich hat sie behauptet, dass ich zu hysterisch wäre."

„Na, siehst du."

„Was soll ich sehen? Das entschuldigt doch nichts! Er bedrängt mich! Und er berührt mich mit seinem Atem, seiner Präsenz, seinen Worten. Das löst alles einen stechenden Schmerz bei mir aus!" Sie deutete ein Würgen an und ließ ihre Stirn auf die Tischplatte sinken. Als sie langsam wieder hochkam, sah sie direkt in Lindas Augen. „Ich weiß einfach manchmal nicht wohin mit mir."

Linda stand auf und legte den Arm um Jette. „Das geht uns doch allen mal so. Das gibt sich wieder."

Nach ein paar Minuten des Schweigens erhob sich Jette. „Ich muss mal aufs Klo."

„Gut. Ich geh eben zu Sima runter", sagte Linda und angelte sich ihr Handy vom Küchenschrank.

„Grüß Sima schön von mir. Wie geht's ihr?"

„Geht so. Hamid ist mal wieder viel unterwegs und die Nachrichten aus dem Iran über Folterungen und Hinrichtungen von Regimegegnern reißen nicht ab. Das bereitet ihr schlaflose Nächte. Ich bewundere Sima und Bea für ihr Engagement."

„Ja, das ist wirklich klasse." Jette nickte und verschwand im Bad.

In ihrem Bauch rumorte es. Kam das von Lindas Yogi-Tee oder war ihre Regel im Anmarsch? Jettes Blick fiel auf einen Kalender an der Wand. Wieso hing der im Bad, direkt über dem Katzenklo? Auf so eine Idee konnte auch nur Linda kommen. Jette nahm ihn vom Nagel und blätterte ihn durch.

Ihr Name stand mit korrektem Datum auf der Juli-Seite. Am 13. November war Eva eingetragen. Sie stutzte. Der

Name ihrer Mutter war in Rot geschrieben und ein Herz prangte daneben. Stirnrunzelnd hing sie den Kalender zurück und spülte. Jette beschloss, der Sache auf den Grund zu gehen. Sie hatte schon länger den Eindruck, dass Linda auf Frauen stand. Ihre Mutter konnte sie in Liebesdingen gar nicht einschätzen. Wie auch, wenn sie sie seit Ewigkeiten nicht mehr gesehen hatte.

Jette schaute in den Spiegel. Sie kramte einen Lippenstift und Haarwachs aus ihrer Tasche. Mit geübten Handgriffen zog sie ihre Lippen nach und stylte ihre Frisur. Wohlwollend betrachtete sie sich. Sie war froh, dass sie so schlank war, ohne dass ihr Gesicht knochig aussah. Jette hungerte nie. Sie hatte fast immer einen guten Appetit. Und da sie groß war und sich gerne bewegte, nahm sie nicht zu. Von den Modefotografen bekam sie viele Komplimente für ihr Aussehen, ihre Mimik und ihre unbändige Lust am Posen.

Anscheinend gefiel sie auch Jan. Er war auf einmal so unmissverständlich in seinen Gesten. Von ihm fühlte sich Jette nicht bedrängt. Nach dem Frühstück hatte er sie wieder zärtlich geküsst. Jette bekam auf einmal Lust, ihm körperlich näher zu kommen.

Gerade als sie auf den Flur trat, kam Linda wieder herein.

„Du, ich hau jetzt ab." Jette zog ihren Mantel über. „Ich will mich noch etwas ausruhen vor der Party und du wirst ja eh gleich abgeholt."

„Ja, Eva kommt demnächst." Linda legte ihren Schlüssel auf die Flurkommode.

„Eigentlich schade, wäre gern noch was mit dir essen gegangen." Jette bohrte ihren Zeigefinger in ihr Kinn.

„Was ist denn mit Jan?"

„Der muss noch beim Aufbauen für die Party helfen. Der Schuppen in der Hafencity gehört seiner Mutter."

„Ach so. Dann musst du dir wohl was kochen." Linda stupste Jette in die Seite. „Ich wünsche euch jedenfalls viel Spaß und beste Grüße an Jan. Vielleicht erinnert er sich ja noch an mich. Und melde dich mal wieder."

„Logisch", sagte Jette nur.

Nachdem sie sich ausgeruht hatte, fuhr Jette mit Jans Fahrrad Richtung Hafencity. Immer wieder musste sie das Rad schieben, weil es streckenweise spiegelglatt war. Gerade kämpfte sie sich über hart gefrorenes Eis, da rief Linda an und erzählte Jette, dass Eva ihr abgesagt hatte.

„Hä, wieso das denn?" Jette keuchte.

„Ach, schwierig hier am Telefon zu erklären." Linda klang müde.

„Wollen wir was trinken gehen, kann ich dich einladen? Ich möchte jetzt nicht alleine sein ..."

„Dann komm doch zum CAPTAIN. Das ist der Laden von Jans Mutter. Warte, ich schick dir den Link." Jette wischte auf ihrem Telefon herum.

„Geht das denn, ich bin doch nicht angemeldet?", fragte Linda und räusperte sich.

„Ja, das klappt schon. Ich spreche mit Jans Mutter."

„Gut. Was meinst du, brauchen wir für den Einlass einen Impfnachweis?", wollte Linda noch wissen.

„Nee, glaub ich nicht. Das sehen die da bestimmt nicht so eng."

Jette konnte sich gut vorstellen, dass Linda die Corona-Maßnahmen ernst nahm. In der Schule war sie dazu ja auch verpflichtet.

Wenig später trafen sich Linda und Jette in dem urigen Club in der Nähe der Elbphilharmonie. Die Party war schon in vollem Gange. An der Decke hingen bunte Girlanden und Luftballons, die Tanzfläche war proppenvoll und ein riesiges Büfett war aufgebaut. Jan freute sich sehr, Linda zu sehen. Er ließ es sich nicht nehmen, seine ehemalige Lehrerin herumzuführen. Zu dritt tranken sie einen Aperitif an der Bar. Jette bestellte für sich noch ein Bier und für Linda einen Prosecco.

„Okay, lass uns mal kurz unter vier Augen schnacken", sagte sie dann und verzog sich mit Linda in einen Wintergarten.

„Ich finde schon, dass du Eva mal antworten solltest." Linda legte ihren kleinen Rucksack neben sich auf ein gemütliches Sofa.

„Schon klar, dass du das findest. Du willst ja gerne, dass Harmonie zwischen mir und meiner Mutter herrscht." Jette nahm einen großen Schluck Bier. „Aber soll ich dir jetzt auch Vorschriften für den Umgang mit ihr machen? Euer Verhältnis scheint ja immer intensiver zu werden." Jette fuhr sich durch ihr Haar.

„Intensiver? Wie meinst du das?", fragte Linda und riss ihre Augen auf.

„So, wie ich es sage." Jette drehte an einem großen Ring,

den sie an der linken Hand trug. „Ich ... ich hab das Herz gesehen auf dem Kalender. Als ich vorhin in deinem Bad war."

Linda verschluckte sich an ihrem Prosecco. „Du warst ja schon immer unsere Detektivin." Sie hustete. „Gut, warum lange um den heißen Brei herumreden? Wir sind ein Paar. Aber du weißt das nicht von mir." Linda wedelte mit ihrem Zeigefinger hin und her.

Jette lächelte und leerte ihr Glas. „Darauf müssen wir mit einem frischen Getränk anstoßen." Sie winkte einem Kellner zu.

„Ich freue mich echt für euch. Aber euer Verhalten kommt mir ein bisschen teeniemäßig vor, so ein Geheimnis daraus zu machen." Jette schüttelte den Kopf. „Und wieso ist Eva eigentlich vorhin nicht zu dir gekommen?"

„Ähm, dein Opa liegt im Krankenhaus. Und Eva ist mit deiner Oma hingefahren", klärte Linda Jette endlich auf.

„Aha!"

Jette bedankte sich beim Kellner, der ihnen zwei Gläser Bowle hinstellte.

„Ja, er ist zusammengebrochen. Ich schätze mal ein Infarkt. Dich berührt das wohl nicht besonders." Linda stocherte in ihrer Bowle herum.

„Hm, keine Ahnung. Tut mir vor allem leid für Oma. So einen Stress an Silvester will ja niemand haben." Jette suchte in ihrer kleinen Handtasche nach einem Schminkspiegel. Sie fand ihn und klappte ihn auf. „Weißt du, Opa wollte nichts mehr von meiner Mutter wissen. Und nach mir hat er ja angeblich auch nie gefragt. Ist es da ein Wunder, dass er mich nicht sonderlich interessiert?" Jette klappte den Spiegel wieder zu, ohne hineingeschaut zu haben.

„Nein, das ist eigentlich kein Wunder", sagte Linda leise. Sie stießen mit ihrer Bowle an.

Jette betrachtete Linda. Sie trank sehr schnell. Das war sie bestimmt nicht gewohnt. Ihr Haar war zerzaust, die Brillengläser waren schmierig. Plötzlich tat ihr Linda leid. Sie hatte sich bestimmt sehr auf den Abend mit Eva gefreut. Auch ihre Mutter war im Grunde zu bedauern. Die konnte sich ja sicherlich was Besseres vorstellen, als zum Jahreswechsel in der Klinik zu hocken. Jette schüttelte sich. Sie wollte doch jetzt feiern und kein Trübsal blasen.

„Du, ich werde jetzt gehen." Linda stellte ihr Glas auf einen kleinen Tisch. „Das ist hier eher was für euch junge Leute und ich will dich auch nicht von der Party abhalten. Ich bin dir aber dankbar, dass wir ein bisschen plaudern konnten." Linda stand auf und drückte Jette an sich.

Jette begleitete Linda hinaus. „War für meinen Geschmack etwas viel Alkohol in so kurzer Zeit." Linda schwankte.

„Du kannst echt nicht viel ab." Jette grinste. „Aber du kannst ja morgen ausschlafen. Ich hab auch zu viel getankt, aber Silvester darf das mal sein", bekräftigte sie.

Nachdem Linda gegangen war, stürzte sich Jette ins Getümmel. Sie holte sich Aperol und einen Snack, machte eine Wunschliste für den DJ und tanzte dann wild zu den Rhythmen. Es war voll und laut. Immer wieder rieselte Konfetti aus geplatzten Luftballons auf die Tanzfläche.

———

Jan tanzte mit Jette. Sie lächelten sich an, prosteten sich zu und umarmten sich immer wieder. Jette spürte, wie ihr Herz hüpfte. Sie spürte aber auch, wie der Alkohol durch ihr Blut rauschte.

„Cool, *Antilopen Gang!*", brüllte Jette in Jans Ohr. „Hab ich mir gewünscht."

„War mir klar." Jan zwinkerte ihr zu.

„Die könnten doch auch zum Festival kommen", lallte Jette.

„Das wär' natürlich was, frag doch mal deine Mutter."

Jan wich nicht von Jettes Seite. Als er ihr ein Tablett voller Berliner vor die Nase hielt, kam ihr flaues Gefühl in der Magengegend wieder hoch. „Nee, bloß nicht, mir ist gerade gar nicht danach. Ich muss mal kurz raus." Jette hielt sich den Bauch.

„Gut, komm aber bald wieder rein. Ist schon fast zwölf."

„Klar doch." Jette zeigte einen Daumen nach oben.

Sie lief nach draußen und lehnte sich an eine Hauswand mit Blick auf einen Kai.

Neben ihr schmissen Leute Böller und Sektflaschen auf die Betonplatten. Es war laut und es war ungemütlich. Doch Jette wurde ruhig und schloss die Augen.

Sie sog den Duft des Hafens in sich auf.

Schon als Schülerin hatte sie oft stundenlang hier an den Landungsbrücken gesessen, um ihre Seele baumeln zu lassen und ihr Fernweh zu stillen.

Nach einer Zeit nahm sie ihr Smartphone in die Hand. Seit Stunden hatte sie es nicht beachtet. Karla hatte ihr eine Nachricht geschrieben. Ungläubig starrte Jette auf die Worte.

> Jette, ich brauche jemanden zum Quatschen. Stell dir vor: Alexander ist gar nicht mein biologischer Vater!

Jette konnte es nicht fassen. Allerdings scherzte Karla nur selten. Sie war so ernst und sehr verlässlich.

Jette wäre am liebsten sofort zu Karla gefahren, aber dazu war sie nicht mehr in der Lage. So rief sie Karla an. Doch die ging nicht ran. Jette fragte sich, wo Karla jetzt wohl steckte, wie sie sich fühlte.

Ihr wurde ganz rührselig zumute. Jette kannte dieses diffuse Gefühl. Es kam immer auf, wenn sie zu viel getrunken hatte. Was für ein verrückter Tag, dachte sie. Was sollte noch alles herauskommen? Wenn es nach ihr ging, reichte es jetzt mal mit den Bekenntnissen und Überraschungen.

Die Vorstellung, dass ihre Mutter mit Linda zusammen war, fand Jette zwar schräg, aber auch schön. Komisch, die eine war ihr so vertraut, die andere so gar nicht.

Jette musste an Lindas Worte in Bezug auf ihre Mutter und an die Verbundenheit zwischen Karla und Yasmina denken. Manchmal beneidete sie andere um ihre tiefe Verwurzelung in der Familie. Nach Karlas Nachricht war Jettes Familienbild mal wieder in einzelne Puzzleteile zerfallen.

Das bedeutet ja, dass Karla und ich nicht denselben Vater haben und damit überhaupt nicht miteinander verwandt sind, schoss es ihr durch den Kopf.

Nachdem Jette längere Zeit aufs Wasser geschaut hatte, beschloss sie, ihre Mutter anzurufen. Sie war auf einmal ganz sicher, dass sie es tun musste. Jette war froh, dass sie

Eva sofort erreichte. Ihr Herz klopfte heftig.

Ihre Mutter sprach freundlich und zugewandt mit ihr. Jette merkte, dass sie genauso aufgeregt war wie sie. Sie wünschte Eva ein frohes neues Jahr und bestellte schöne Grüße an ihre Großmutter.

Während Partyschiffe im Hafen ihre Runden drehten und viele Menschen das bunte Feuerwerk bejubelten, hockte Jette da und bekam allmählich einen kalten Po.

Jan kam kurz nach halb eins zur Kaimauer und legte seine Jacke um Jettes Schultern. „Ich wünsche dir ein frohes neues Jahr", sagte er und strich ihr durch das Haar.

„Danke, das wünsche ich dir auch." Jette lehnte sich an ihn. „Hast du eigentlich gute Vorsätze für 2023?"

„Ja, ich möchte glücklich mit dir sein", flüsterte er ihr ins Ohr. Von irgendwoher ertönte ABBAs „Happy New Year".

„Na dann, lass es uns probieren. Auch wenn es ziemlich kitschig klingt." Jette schmunzelte und ließ sich in Jans Arme fallen. Ihr wurde angenehm warm.

6 | *Linda*

Erst gegen Mittag wachte Linda am Neujahrstag auf ihrem Sofa im Wohnzimmer auf. Es war ihr ein Rätsel, wieso sie es nicht ins Bett geschafft hatte.

Immer noch trug sie den Glitzerpulli, ansonsten nur eine Unterhose und dicke Socken. Sie hatte einen modrigen Geschmack im Mund.

Die Katzen miauten. Sie waren es gewohnt, gegen sieben Uhr morgens gefüttert zu werden. Linda bildete sich ein, Vorwürfe in den Blicken ihrer Diven zu erkennen.

Seit ihrer Jugend hatte sie immer Katzen besessen. Diese drei waren vor zehn Jahren mit ihr nach Harburg gezogen.

Nur sehr mühsam raffte Linda sich hoch und befüllte in der Küche die Fressnäpfe. Ihr Schädel brummte und es grummelte in ihrem Magen. Erschöpft legte sich Linda danach wieder auf das Sofa, wo ihr sofort Gedanken im Kopf rumspukten.

Wie es Eva wohl ging? Sie musste sehr aufgewühlt sein, weil ihr Vater auf der Intensivstation lag und ganz bestimmt kamen bösartige Erinnerungen wieder hoch.

Linda traute sich nicht so recht, Eva anzurufen, obwohl sie gerne mit ihr gesprochen hätte. Wieso nur überfiel sie immer wieder eine gewisse Schüchternheit, wenn es um ihre Partnerin ging? Lag es daran, dass sie Eva zuvor jahrelang nur aus der Ferne vergöttern konnte, dass sie einfach keine Erfahrung mit Liebesbeziehungen hatte?

Ständig hatte Linda Sorge, dass Eva ihr etwas übelnehmen könnte. Linda war manchmal launisch und nicht so begeisterungsfähig und spontan wie Eva. Oft dauerte es sehr lange, bis sie sich für etwas entscheiden konnte. Eva reagierte dann meistens ungeduldig und etwas genervt.

Das Miteinander mit Jette sah Linda viel gelassener.

Was war das nur für ein merkwürdiger Silvesterabend gewesen?

Mit Jettes Besuch hatte Linda noch nicht gerechnet. Nur zögerlich hatte sie sie hereingelassen. Linda mochte es nicht, wenn sich Pläne verschoben.

Die Wut, die Jette auf ihren Dozenten empfand, konnte Linda zwar nachvollziehen, aber das viele Me-too-Gequatsche – wie sie es im Stillen nannte – ging ihr allmählich auf die Nerven.

Linda fragte sich häufiger, ob die jungen Frauen nicht viel zu dünnhäutig reagierten. In gewisse Situationen konnte sie sich aber auch gar nicht hineinversetzen, weil sie noch nie viel mit Männern zu tun gehabt hatte und auch die Herren selten auf Linda reagierten.

Manchmal vertrug Linda Jettes Getue einfach nicht. Immer wieder gab sie die Drama-Queen und wollte etwas Besonderes sein. Schon als Schülerin war sie schrill gewesen. Oft umringt von anderen, aber dann auch wieder vollkommen einsam, weil sie die anderen vor den Kopf stieß.

Linda hatte ihrer Freundin Eva während ihrer schlimmen Phasen des Entzuges versprochen, sich um Jette zu kümmern. Darauf war Verlass, sie stand zu ihrem Wort.

Die Verbindung zwischen Jette und ihr war immer noch stark und sehr ehrlich. Und das machte sie auf eine gewisse Weise auch stolz.

Eigentlich hätte Linda das Geheimnis ihrer Liaison mit Eva gerne noch länger gehütet. Doch an das Herz im Kalender hatte sie nicht gedacht und Jette war schon immer sehr neugierig gewesen. Sie hätte es ganz bestimmt sowieso bald herausgefunden.

Linda hatte den ganzen gestrigen Nachmittag nur an Eva gedacht. Sie verzehrte sich immer noch nach ihr, wenn sie sich ein paar Tage nicht gesehen hatten. Sie hatte über sich selbst gestaunt, wie sehr sie sich auf das Feiern mit Eva in den Bars der Reeperbahn gefreut hatte.

Die Lockdowns hatten Linda, was die Clubszene betraf, nicht viel ausgemacht, weil sie Bars und Diskotheken schon immer gemieden hatte. Als Eva ihr dann aber absagte, weil sie mit Hanne in die Klinik zu Georg musste, war Linda maßlos enttäuscht gewesen. Natürlich hatte sie auch Verständnis, aber warum hatte sich Eva denn nicht irgendwann von ihrer Mutter lösen können?

Schlagartig hatte sie sich im Stich gelassen gefühlt. Für einen Moment hatte Linda überlegt, zu Eva ins Krankenhaus zu fahren. Doch diese Blöße wollte sie sich dann doch nicht geben.

Aus dem ganzen Frust heraus hatte sie sich von Jette überreden lassen, mit auf die Party in der Hafencity zu gehen. Es hatte Linda gutgetan, mit Jette zu sprechen. Die Musik war allerdings nicht nach ihrem Geschmack und es tummelte sich ein eher junges Publikum auf der Tanzfläche. Linda hatte sich nicht wohlgefühlt und zu viel getrunken.

Nun hatte sie zum ersten Mal in ihrem Leben am Neujahrstag einen Kater. Sie vergrub ihr Gesicht in einem großen Kissen.

Es klingelte. Linda zuckte zusammen.

Wer konnte das sein? Jette ja wohl nicht, die war sicher selig mit ihrem Jan. Und Eva hätte doch wohl vorher Bescheid gesagt. Allerdings wusste man es bei ihr nie.

Linda zog sich einen Morgenmantel über und schlurfte mit steifen Gliedern zur Tür. Sie öffnete. Ihre Nachbarin stand im Treppenhaus.

„Oh, Sima. Komm doch rein. Entschuldige bitte meinen Aufzug, ich war gestern noch etwas feiern …"

„Mit Eva?" Sima kam herein.

„Nein, mit Jette." Linda zog den Gürtel ihres Morgenmantels zusammen.

„Ich wollte mir deinen Stieltopf ausleihen", sagte Sima.

„Ja, äh, den kannst du natürlich haben", stammelte Linda. „Setz dich gerne eben in die Küche."

Lindas Kopf pochte wie verrückt. Sie mochte Sima sehr, aber sie hatte gerade gar keine Lust auf Smalltalk.

„Bin gleich bei dir. Ich zieh mir schnell was Gescheites an." Linda verschwand im Schlafzimmer.

Als Linda in die Küche kam, ging Sima auf sie zu und herzte sie. „Ich wünsche dir ein frohes neues Jahr, meine Liebe."

„Dankeschön, Sima." Linda löste sich ein wenig aus der Umarmung und lächelte schief. „Das wünsche ich dir natürlich auch. Ich bin ganz in Gedanken, tut mir wirklich leid."

Sie setzten sich.

„Was ist denn los, warum warst du nicht mit Eva auf dem Kiez?" Sima schaute Linda besorgt an.

„Das musste leider ausfallen. Eva war mit ihrer Mutter in der Klinik." Linda ließ den Kopf hängen.

„Waaas? Hanne ist im Krankenhaus?" Sima riss ihre Augen auf.

„Nein, Georg hatte einen Schlaganfall, es kam heute Nacht noch eine Nachricht von Eva. Hanne wollte bei ihm sein und Eva hat sie begleitet." Linda rieb sich ihre Schläfen.

„Oh nein!" Sima schlug die Hände vor den Mund. „Und nun?"

„Ich weiß nichts Näheres." Linda wischte ein paar Katzenhaare von ihrer Hose. Es fiel ihr schwer, sich auf das Gespräch zu konzentrieren. Ihre Gedanken schweiften ab.

Sima wirkte auf Linda ungewöhnlich ruhig. Sonst plauderte sie meistens munter drauflos.

Sie beobachtete, wie Sima einen Tannenzweig aus dem Gesteck zog, das auf dem Küchentisch stand, und die Nadeln zwischen Daumen und Zeigefinger zerrieb.

„Hast du denn schön gefeiert gestern?", fragte Linda.

„Ja, wir hatten es ganz nett", antwortete Sima ohne Emotion in der Stimme. „Wir haben köstlich gespeist und uns ein paar Geschichten von früher erzählt."

Irgendetwas bedrückte Sima, das merkte Linda, doch ihr war nicht nach Höflichkeit zumute und sie verspürte keine Kraft für weitere Probleme. Sie nahm sich vor, ihre Nachbarin am nächsten Tag zu fragen, was los war.

Es stimmte, was Linda gestern zu Jette gesagt hatte, sie bewunderte Sima. Für ihre innere Ruhe, ihr Engagement, ihre Herzlichkeit. Hamid beschwerte sich oft über die Lebensmittelpreise, das Wetter, die Familie. Sima hingegen reagierte meistens freundlich und ausgleichend.

Sie krempelte immer wieder die Ärmel hoch, so jedenfalls kam es Linda vor.

Im Grunde hätte Linda Sima gerne im Einsatz für die Frauen im Iran unterstützt. Vor zwei Jahren war sie sogar mal mit zu einer Demonstration gegangen. Auch hatte sie ihre Unterschrift unter eine Petition gesetzt, die zur Befreiung von Frauen aufrief, die im Gefängnis saßen.

Aber Linda wollte mit Bea nichts zu tun haben, und an der kam in der Bürgerinitiative niemand vorbei.

Bea hatte sich immer wieder eingemischt, als es um Jettes Betreuung ging. Sie bohrte nach und verlangte von Linda stets genaue Auskünfte über Jettes Verhalten und ihre Leistungen in der Schule.

Einmal war Linda der Kragen geplatzt.

„Kümmere du dich bitte um deine Angelegenheiten! Jette und ich kriegen das gut miteinander hin!", hatte sie Bea angeschnauzt. Wutschnaubend hatte Bea das Lehrerzimmer verlassen. Seitdem herrschte eisiges Schweigen zwischen ihnen.

Und dann war Eva vor zwei Jahren nach Hamburg zurückgekehrt. Linda war von Anfang an so begeistert gewesen von Eva, von ihren Ideen, ihrem Elan, ihrem Körper.

Sogar ihren Weggang verzieh sie ihr. Sie hatte gespürt,

dass sie Eva noch mehr geliebt hatte als vor Jahren. Wenn das überhaupt möglich war.

Linda war in den letzten Monaten ganz mit ihren eigenen Gefühlen und ihren Plänen für eine Auszeit beschäftigt gewesen. Da blieb kein Raum mehr für ein politisches Engagement.

Und trotzdem: Immer wenn sie Sima sah, plagte Linda ein schlechtes Gewissen. Müsste sie als Politiklehrerin sich nicht viel mehr einmischen?

Auf jeden Fall hatte sie vor, zu dem Festival zu gehen und sie wollte auch eine größere Summe für den Freiheitskampf spenden.

Als könnte sie Gedanken lesen, fragte Sima in die Stille hinein: „Wann triffst du denn Eva wieder? Magst du sie mal fragen, ob das Konzept für das Festival im Juli fertig ist?"

Linda stand auf und schüttelte ihren rechten Fuß aus, der ihr eingeschlafen war. „Ich werde sie bald wiedersehen, aber alles, was das Benefiz-Event oder ihre Agentur angeht, klärst du am besten mit ihr direkt."

Sima nahm eine Katze auf ihren Schoß. „Ich kenne Eva ja kaum und ihr seid schließlich gut befreundet."

Verblüfft schaute Linda Sima an.

„Dann lernt ihr euch halt kennen. Ist doch sowieso wichtig, dass ihr mal über den Geldfluss, die Werbung und so was sprecht. Überlass bloß nicht Bea das gesamte Feld." Linda zwinkerte Sima zu.

„Das stimmt auch wieder." Ihre Nachbarin grinste.

Linda nahm zwei verpackte Glückskekse vom Küchenbord.

Einen reichte sie Sima. „Hier, für dich. Die hat mir Jettes Freund gestern für den Heimweg mitgegeben."

„Oh, wie nett!" Sima lachte herzlich.

Linda setzte sich wieder und riss die Verpackung ihres Gebäcks auf.

„Übrigens weiß Eva sehr zu schätzen, wie ihr euch für die Frauen im Iran einsetzt. Sonst hätte sie sich bestimmt gar nicht erst auf die Planung eingelassen. Auch wenn sie die Kohle braucht, Projekte, hinter denen Eva nicht zu hundert Prozent steht, fängt sie gar nicht erst an", meinte sie und brach ihren Glückskeks in zwei Teile.

„Okay, aber vielleicht sollte das trotzdem Bea mit ihr klären?"

„Nee, komm, das kriegst du schon hin. Pass auf, ich gebe dir Evas Nummer."

Linda stand auf und fischte ihr Handy aus der Schublade. Sie schrieb Sima die Telefonnummer per Messenger.

„Gut, danke", sagte Sima nur.

Linda zog einen Zettel aus ihrem Keks und las ihn. „Ha, mein Spruch passt besser zu dir!"

„Zeig mal!", forderte Sima sie auf.

Linda hielt Sima das kleine Stück Papier hin. „Ein großer Mensch ist, wer sein Kinderherz nicht verliert", las Linda.

„Ja, das ist schön", beteuerte Sima. Sie zog den Zettel aus ihrem Keks. „Dann gebe ich dir meinen: „Du wirst das Abenteuer finden oder das Abenteuer findet dich."

„Na, da bin ich gespannt." Linda nahm den Zettel und grinste. Unwillkürlich kamen ihr ihre Reisepläne in den Sinn.

„Meine Liebe, ich muss wieder runter, hab noch einiges zu erledigen." Sima rieb sich die Hände. „Gibst du mir noch den Topf?"

„Ja, klar." Linda stand auf und holte ihn ihr aus dem Schrank.

Sie begleitete Sima zur Tür, lehnte sich noch ein Weilchen an den Türrahmen und schaute ihrer Nachbarin nach, wie sie ein Stockwerk tiefer in ihrer Wohnung verschwand.

Linda hatte Sima vor einigen Jahren vor dem Haus von Hanne und Georg kennengelernt. Linda hatte Jette zu ihrer Oma gebracht und Sima wollte gerade von der Arbeit nach Hause fahren. Sie hatten sich eine ganze Zeit auf dem Bürgersteig unterhalten. Beide waren sich sofort sympathisch gewesen und hatten sich öfter mal getroffen.

Sima gab Linda schließlich auch den Tipp, dass in ihrem Haus eine Wohnung frei geworden war. So zog Linda in den Wohnblock in Harburg, nachdem sie die Miete für die Doppelhaushälfte in Bergedorf nicht mehr stemmen konnte, weil sie einen Großteil der Pflegekosten für ihre Mutter übernehmen musste.

Linda war Sima immer noch dankbar für den Hinweis auf die Wohnung. Hier in Harburg fühlte sie sich wohl und hatte auch eine neue Stelle in der Goethe-Schule gefunden.

Sima hatte Linda immer wieder von den Gräueltaten in ihrer Heimat erzählt. Das machte Linda sprachlos.

Zu Beginn ihres Berufslebens war Linda mit vier Kolleginnen auf einer Bildungsreise im Iran gewesen. Auch die

Touristinnen mussten Kopftücher tragen und sich an die genauen Anweisungen des Reiseleiters halten.

Ja, es war manchmal ein wenig beklemmend gewesen, aber die Menschen im Iran erschienen Linda als sehr gastfreundlich, das Land war viel heller, als sie es gedacht hatte und es gab beeindruckend schöne Landschaften.

Linda schloss die Tür. Ihr fiel auf, dass Jettes pinkfarbener Seidenschal noch an der Garderobe hing. Sie nahm ihn in die Hand und befühlte den Stoff. Der musste viel Geld gekostet haben. Wie konnte sich Jette so was leisten? Linda konnte sich nicht vorstellen, dass Alexander ihr großzügig das Konto füllte. Doch Jette besaß fast nur Markenklamotten, sie duftete nach sündhaft teuren Parfüms und auch ihr Schmuck war ganz bestimmt keine Billigware.

Linda musste daran denken, dass Jette sie mal beklaut hatte. Als Eva im Entzug war, hatte Alexander seine Tochter immer wieder zu Linda gebracht.

Linda hatte sich zwar darüber gefreut, aber Jette war in der Pubertät oft sehr störrisch und verschlossen gewesen. Sie traf ältere Freunde, die Linda nicht kannte, ging viel shoppen. Eines Tages war Linda aufgefallen, dass 100 Euro in ihrem Portemonnaie fehlten. Sie war kurz zuvor am Bankautomaten gewesen, um Bargeld abzuheben.

Nur Jette war an dem Tag bei ihr gewesen. Es lag also auf der Hand, dass sie die Diebin war. Linda hatte sie sofort zur Rede gestellt. Jette hatte sich nicht verteidigt, sondern hatte geweint und Linda schweigend und mit gesenktem Kopf den Schein hingehalten.

Linda hatte es nicht geschafft, mit Jette zu schimpfen. Den Schein hatte sie nicht zurückgenommen, sondern stattdessen von Jette verlangt, den Betrag abzuarbeiten. So hatte sich Jette mit Fenster putzen, einkaufen und Botengängen die 100 Euro verdient.

Linda hatte Jettes Talent von der ersten Kunststunde an erkannt. Ihre außergewöhnlichen Arbeiten hatte sie stets mit der Note Eins bewertet. Linda war bewusst, dass sie nicht bei allen Schülerinnen und Schülern im Kunstunterricht objektiv war mit ihrer Einschätzung, aber sie honorierte auch aufmerksames Zuhören und theoretisches Wissen. Auch jemand, der nicht sonderlich kreativ und geschickt war, konnte bei ihr ein „Befriedigend" erhalten. Linda hielt sich für eine faire Lehrerin.

Als Jette noch bei ihr Schülerin war, hatte sich Linda oft über Hanne geärgert, die behauptet hatte, dass Jette das Interesse für Kunst von ihr geerbt hätte.

Das sah Linda komplett anders. Sie selbst hatte Jette gefördert und gefordert, sie mit zu Ausstellungen genommen und ihr auch ausdrücklich zum Studium in Leipzig geraten.

Unter der Dusche spürte Linda, wie ihre Lebensgeister langsam wieder erwachten. Sie stieg aus der Kabine, trocknete sich ab und cremte sich ausgiebig ein. Obwohl sie neun Jahre älter als Eva war, war das Alter bisher nie Thema zwischen ihnen gewesen. Ihre Partnerin wirkte sich auf Linda wie eine Art Jungbrunnen aus.

Linda kramte gerade Unterwäsche aus ihrem Schrank hervor, da klingelte das Telefon.

Eva war dran.

„Linda, Schatz, kannst du kommen?"

Linda wurde ganz warm ums Herz. „Ist denn deine Mutter nicht mehr da?", fragte sie.

„Nein, Bea hat sie vorhin zu sich geholt. Wäre es denn schlimm, wenn sie noch hier wäre?" Eva klang aufgeräumt.

„Na ja, ich hätte nicht so gerne zwischen euch gehockt."

„Ach, dass du das immer alles so eng siehst. Meine Mutter hätte sich darüber gefreut, dich wiederzutreffen und dann hätten wir ihr auch gleich unseren Status erklären können." Eva lachte.

Status? Evas Ausdruck irritierte Linda.

Sie atmete durch. Sollte sie ihr erzählen, dass Jette Bescheid wusste? Nein, am besten erst dann, wenn sich das alles mit Georg etwas beruhigt hatte.

„Gut, meine Süße, ich fahre in zehn Minuten los. Bis gleich." Es kribbelte in Lindas Bauch.

Mit allen Sinnen wollte Linda zu Eva.

Sie fuhr viel zu schnell und musste aufpassen, dass sie niemandem die Vorfahrt nahm. Meistens nutzte Linda innerhalb der Stadt den ÖPNV oder fuhr mit dem Fahrrad.

Heute nahm sie das Auto. Sie hatte Eva die alte Ente abgekauft.

Linda fiel Eva förmlich in die Arme. Sie griff in Evas dichtes Haar und ließ sich von ihr in die Wohnung ziehen. Noch im Stehen küssten sie sich lange und leidenschaftlich.

Eng umschlungen schlichen sie wie zwei Raubkatzen zur Wohnzimmercouch. Auf der Couch betrachteten und betasteten sie sich, als müssten sie sich vergewissern, dass die andere wirklich da war.

„Es tut mir wirklich leid", beteuerte Eva. „Ich hätte so gerne Silvester mit dir verbracht."

„Ist schon gut." Linda winkte ab. „Das hätte ich ja genauso getan." Wieder küsste sie Eva. „Ich hoffe, dass alles gut wird."

„Alles sicher nicht", meinte Eva. „Aber vieles schon." Sie schlug sich gegen die Stirn. „Linda, das Allerbeste hab ich dir ja noch gar nicht erzählt!" Eva packte Linda an den Schultern. „Weißt du, was in der letzten Nacht passiert ist? Meine Jette hat sich bei mir gemeldet!" Eva sprang auf und hüpfte wie ein kleines Mädchen auf und ab.

„Ist das wahr?" Linda umarmte Eva und hüpfte mit. „Das ist ja richtig klasse!"

Linda schickte im Stillen ein Dankgebet zum Himmel. Es erfüllte sie mit großer Freude, dass dieses sture Mädchen sich ein Herz gefasst hatte. Es gab also doch noch Wunder.

„Jaaa, richtig klasse!", schwärmte Eva und strahlte über das ganze Gesicht. „Ich habe eine großartige Tochter."

„Wohl wahr." Linda stöhnte ein wenig auf. „In etwa so großartig und verrückt wie ihre Mutter." Sie strahlte auch.

7 | *Fritzi*

Oh jaaa", stöhnte Fritzi. Ihre Brüste wippten schwer auf und ab, während sie sich rhythmisch auf Robert bewegte. Der lächelte Fritzi an und hielt sie an den Hüftknochen. Er küsste sie mit Nachdruck.

„Meine Süße", flüsterte er ihr ins Ohr.

Fritzi traute sich nicht, laut zu jaulen, obwohl alles in ihr zu zucken schien. Sie wollte nicht riskieren, dass jemand sie hören könnte. Im Grunde war ihr klar, dass das nicht möglich war. Alle Fenster der Ferienwohnung waren geschlossen. Nur durften ihre heimlichen Treffen nicht auffliegen.

Fritzi genoss ihren Höhepunkt und hasste es gleichzeitig, dass Robert nun sehr schnell wurde. Klar, er wollte fertig werden und abspritzen.

Robert kam sehr geräuschvoll und ungestüm. Sie hingegen riss sich mal wieder zusammen.

Nach einer kurzen Verschnaufpause stand Robert auf und sah zufrieden an sich herunter. Sein erschlafftes Glied glänzte. In dem Zimmer roch es nach Schweiß und Sperma.

Fritzi hatte während ihres Schäferstündchens zwei Orgasmen gehabt.

Robert hatte sie durchaus verwöhnt und wusste genau, wie er sie in den Wahnsinn treiben konnte. Sie konnte sich nicht beschweren. Ihr Unterleib kribbelte noch und ihr war wohlig warm. Ihre Brustwarzen schmerzten, Robert hatte während ihres Höhepunktes zu heftig an ihnen gesogen.

Fritzi machte ihn darauf aufmerksam. „Sorry", sagte er und küsste nun sanfter ihre Nippel.

Das Geheimnisvolle, das Robert umgab, zog sie magisch an. Selbst als sie erfahren hatte, dass er in festen Händen war, hatte es sie nicht abgeschreckt, auf einer Party mit ihm zu flirten.

Anfangs war es ihr sogar ganz lieb gewesen, dass er verheiratet war, weil sie eher unverbindlichen Sex wollte.

Nach ihrer sehr nervtötenden Trennung von ihrem Ex-Mann Karsten wollte sich Fritzi auf keinen Fall wieder fest binden. Allerdings wurmte sie es nun nach fast zwei Jahren Affäre mit Robert, dass er so selten Zeit für sie hatte. Wäre er nicht so attraktiv und charmant, hätte sie ihm wohl schon den Laufpass gegeben.

Frisch geduscht, suchte Robert seine Klamotten zusammen. Er sprang wie immer schnell in seine Jeans, dann küsste er sie auf die Wange. „Fritzi, rutsch gut rein. Wir schreiben." Ohne sich noch einmal umzudrehen, verschwand er.

Einmal mehr machte es Fritzi traurig, dass sie nicht mehr kuscheln oder reden konnten. Eine Dusche und lateinamerikanische Rhythmen würden helfen. Sie griff auf den Nachttischschrank, um auf dem Handy ihre Lieblingsplaylist zu starten, musste aber feststellen, dass ihr Telefon gar nicht dort lag. Panik kam in ihr hoch, sie sprang auf, suchte zwischen den Matratzen, unter den Laken und Decken des Bettes und fluchte über die Abhängigkeit von diesen verflixten Smartphones. So viele wichtige Daten in so einem kleinen Apparat!

Aber keine Spur von ihrem Handy. Es lag auch nicht auf der Toilette oder auf dem kleinen Schreibtisch. Ohne ihr Smartphone fühlte sie sich vollkommen hilflos und leer.

Es musste schon weit nach sechs sein. Draußen war es bereits stockdunkel. Fritzi gab die Suche nach dem Handy auf, sie musste noch in den Supermarkt und dann die Kinder bei Bea abholen. Ihr fiel gerade noch ein, das Handtuch einzustecken, das sie auf das Laken gelegt hatte, um Flecken zu vermeiden.

Wie auf einer Verfolgungsjagd rannte Fritzi zu dem Parkhaus, in dem sie ihr Auto abgestellt hatte. Sie schmiss ihre große Tasche auf den Beifahrersitz. Plötzlich entdeckte sie ihr Handy. Es war zwischen Tür und Sitz gerutscht.

Auf dem Display sah sie, dass Bea mehrmals angerufen hatte, bestimmt, um zu fragen, wo sie blieb. Fritzi wusste genau, dass ihre Schwester sehr angesäuert reagieren würde, wenn sie mal wieder zu spät kam.

Bea nahm die Kinder öfter mal. Fritzi war ihr dankbar dafür, nur war Bea sehr ungeduldig und hatte immer ganz konkrete Pläne, die niemand umstoßen durfte. Wer Beas Hilfsbereitschaft nutzte, musste auch mit ihren Urteilen und ihrer Kontrolle leben. Fritzi beschloss, auf die Anrufe ihrer Schwester nicht zu reagieren.

Sie scrollte durch die ungelesenen Nachrichten und sah, dass Robert ihr mehrere Kuss-Emojis geschickt hatte. Auch er bekam jetzt keine Antwort von Fritzi.

Sie startete den alten Golf. Fritzi hoffte, dass sie schnell durch den Elbtunnel kommen würde. Das Navi zeigte 43

Minuten Fahrtzeit bis nach Emmelndorf an. In ihrem Unterleib spürte sie die Nachwehen vom Sex. Fritzi liebte es, sich leidenschaftlich hinzugeben. Leider konnte sie sich dieses Vergnügen nicht oft gönnen, ihr Leben war so durchgetaktet.

Auch an den Tagen nach Weihnachten war sie putzen gegangen. Mal passte die Nachbarin auf ihre Söhne Lasse und Noah auf, mal hatte sie sie für ein Ferienprogramm der Jugendpflege angemeldet.

Bea hatte heute die Jungs genommen, weil Fritzi ihr weisgemacht hatte, dass ihr ein Putzjob in einem großen Bürokomplex angeboten worden war, den sie mitnehmen wollte, weil es einen Silvesterzuschlag gab.

Bevor Jette nach Leipzig gezogen war, hatte Fritzi ihre Nichte mal als Babysitterin für Lasse engagiert. Allerdings war das gründlich in die Hose gegangen. Jette hatte keinen Draht zu dem kleinen Knirps gehabt und sich, statt sich um den weinenden Jungen zu kümmern, lieber ausgiebig die Fußnägel lackiert.

In Hittfeld rollte Fritzi auf einen Supermarkt-Parkplatz. Wie ausgestorben lag er da. Sie stellte den Motor ab und saß eine Weile regungslos hinterm Steuer. Allmählich kapierte sie, dass am Silvestertag die Läden nur bis mittags geöffnet hatten.

Passierte das eigentlich nur ihr, dass sie sich solche Dinge nie merken konnte?

Sie hatte den Jungs Pizza versprochen. Die würden jetzt garantiert einen Bärenhunger haben. Fritzi überlegte, ob sie noch Mehl, Hefe, Tomaten und Käse zu Hause hatte. Sie war sich nicht ganz sicher. Vielleicht konnte sie später noch an der Tanke bei sich in Wilhelmsburg Tiefkühlpizzen kaufen.

Zehn Minuten später fuhr Fritzi die Auffahrt zum Haus von Bea und Mark hoch. In ihren Augen besaßen ihre Schwester und ihr Schwager ein wahres Anwesen. Das Grundstück war noch größer als das ihrer Eltern in Harvestehude.

Noch bevor Fritzi klingeln konnte, riss Bea die weiße Haustür auf. „Na endlich!", rief sie. „Ich habe dich mehrmals angerufen. Wo warst du denn noch?"

Fritzi wunderte sich, dass ihre Schwester so blass war. Üblicherweise zierte eine Urlaubsbräune ihr Gesicht. Auch ihre Frisur wirkte derangiert und sie trug Joggingklamotten. An anderen Tagen lief Bea auch zu Hause wie aus dem Ei gepellt herum.

Fritzi trampelte den Schneematsch von ihren Schuhen. „Tut mir leid, Schwesterherz. Musste länger machen. So was kennst du ja nicht."

„Musst du immer gleich so eklig werden? Auch ich mache Überstunden. Mehr als genug ... Aber könntest du zwischendurch auch mal an dein Handy gehen?", schimpfte Bea und zog an ihrem Pferdeschwanz.

„Ich hatte es im Auto liegen lassen, sorry." Fritzi trat ins Haus.

„Das darf echt nicht wahr sein! Und dauernd stellst du es aus. Eine Mutter muss doch erreichbar sein!"

„Reg dich ab, Mensch. Bei dir sind die Jungs ja in guten

Händen." Diese Diskussionen mit kinderlosen Menschen über Erziehung und wie eine Mutter zu sein hatte, hatte Fritzi satt. Sie ging ins Wohnzimmer und ließ sich samt Daunenjacke ins Sofa plumpsen.

„Komm mal mit in die Küche. Ich muss dir was erzählen", flüsterte Bea ihr zu.

Fragend schaute Fritzi sie an.

Ohne weitere Erklärungen zog Bea Fritzi in die Küche und schloss die Tür hinter sich. „Die Jungs müssen das nicht unbedingt mitkriegen. Und die kommen andauernd aus dem Arbeitszimmer ins Wohnzimmer gelaufen."

„Hast du sie etwa wieder eingesperrt?", fragte Fritzi genervt. Sie setzte sich auf einen Küchenstuhl.

„Eingesperrt? Das ist ja wohl Bullshit. Noah und Lasse sind jetzt schon den halben Tag hier, waren auch draußen und nun sitzen sie gerade mal seit einer halben Stunde am PC."

„Schon gut." Fritzi klemmte sich ein paar Haarsträhnen hinter die Ohren. „Schieß los! Was gibt es für Geheimnisse?" Sie faltete ihre Hände und drehte die Daumen umeinander.

„Papa ist im UKE. Eva hat ..." Weiter kam Bea nicht.

„Wie, UKE?" Fritzi schaute ihre Schwester entsetzt an und sprang auf.

„Er ist zu Hause zusammengebrochen und nun ist er im Krankenhaus. Eva und Mama sind hingefahren, aber wir können wohl momentan nichts für ihn tun."

„Was hatte er denn? Einen Herzinfarkt?" Fritzi wanderte auf den glänzenden schwarzen Fliesen auf und ab und kaute auf ihrem Daumennagel.

„Konnte Eva mir noch nicht genau sagen. Müssen wir abwarten." Bea drehte an ihrem Ehering.

Fritzi wunderte sich, dass ihre Mutter nicht sofort Bea alarmiert hatte. Bea war doch immer die Ansprechpartnerin Nummer eins für ihre Mutter. Allerdings wohnte Eva nun am nächsten dran an ihrer aller Elternhaus.

Fritzi selbst war für ihre Mutter immer das Nesthäkchen geblieben und kam für eine solche Begleitung garantiert nicht in Frage.

„Oh je. Das ist ja heftig." Fritzi setzte sich wieder und rieb sich mit den Fingern ihre Augenlider. Ihre Neurodermitis machte sich bei Stress sofort bemerkbar. „Er war doch immer so fit."

„Fit ist was anderes. Unser alter Herr hat doch immer viel zu viel geraucht und ins Glas gespuckt hat er auch nicht. Außerdem wissen wir ja alle, dass er Sport und Ärzte gemieden hat wie der Teufel das Weihwasser."

„Ja, oller Dickschädel." Fritzi hatte einen Kloß im Hals. Im Grunde wusste sie so wenig über ihren Vater. „Ich könnte ja morgen mal mit den Kindern hinfahren." Fritzi zog ihre dicke Jacke aus.

„Ins Krankenhaus?"

Fritzi nickte.

„Nee, das bringt nichts. Kannst höchstens zu Mama fahren, aber am besten erst übermorgen. Für morgen habe ich mich schon angemeldet." Bea setzte sich auch.

„Na dann", sagte Fritzi nur.

Sie ließen beide die Köpfe hängen und schwiegen.

„Mich hat er nie ernst genommen", sagte Fritzi in die Stille hinein.

„Uns alle drei doch nicht." Bea knackte die Schale einer Erdnuss. „Nachdem Eva weg war, hat er sogar mal gesagt, dass er mindestens zwei Töchter zu viel hat und er sich immer so sehr einen Sohn gewünscht hat." Sie biss in die Nuss.

„Ja, sehr einfühlsam. Mich hat er das am meisten spüren lassen. Aber es war mir irgendwann egal. Jetzt tut er mir aber doch leid. Hoffentlich berappelt er sich wieder."

„Also ganz ehrlich, Fritzi: Ich kann gar nicht so recht Mitleid empfinden. Wenn überhaupt, dann eher mit Mama." Bea starrte vor sich. „Ist es eigentlich nötig, dass du auch an Silvester arbeitest? Die Jungs brauchen dich doch." Bea schmiss die Nussschalen in den Kompostbehälter.

„Wenn ich so viel Geld hätte wie du, müsste ich das nicht. Nur will ich meinen Kindern auch mal die hippen Turnschuhe kaufen und die Miete ist auch schon wieder erhöht worden", fauchte Fritzi ihre Schwester an.

„Du hättest ja auch studieren können, dann müsstest du neben dem Bürojob nicht auch noch anderen Leuten hinterherputzen." Bea spülte sich die Hände ab.

„Ich wollte ja studieren", sagte Fritzi laut.

„Ach, echt?", fragte Bea. „Das ist mir ja völlig neu." Sie setzte sich wieder hin.

„Mit dir habe ich damals auch nicht darüber gesprochen, aber mit Eva und auch mit Mama." Fritzi rollte mit den Augen.

„Interessant, was wolltest du denn machen? Und dann mit mittlerer Reife ..."

„Natürlich hätte ich dann noch mein Abi nachgemacht." Fritzi blies ihre Wangen auf. „Ich wollte Sozialpädagogin werden. Aber als Papa das mitbekommen hat, hat er nur milde gelächelt und mir klargemacht, dass er dafür keine müde Mark springen lassen würde. Und als Tochter eines erfolgreichen Reeders hätte ich niemals BAföG bekommen. Das war es dann mit dem Studium."

Bea legte den Kopf in den Nacken. „Von meinem Weg waren sie ja auch nicht begeistert, aber anfangs haben sie mich schon unterstützt. Was natürlich dir und Eva gegenüber unfair war. Als dann aber klar wurde, dass ich nicht in die Firma komme, wurde der Geldhahn ganz schnell zugedreht." Bea klang verbittert.

„Du hast dann ja Mark geheiratet und warst versorgt."

„Von wegen! Ich hab jahrelang in der Kanzlei mehr verdient als er. Mark musste ja lauter unbezahlte Praktika durchlaufen. Jetzt hat er allerdings mehr Schotter als ich."

Fritzi überlegte schon länger, die Treffen mit Robert zu reduzieren, um in der Zeit wirklich etwas zu verdienen.

Ihr wurde ganz übel, wenn sie daran dachte, dass sie das Auto durch den TÜV bringen musste und demnächst auch eine neue Waschmaschine fällig war.

Fritzi ärgerte sich, dass zwischen Bea und ihr Geld immer wieder so ein großes Thema war. Sie war eine alleinerziehende Mutter mit Geldsorgen, nachdem sie Karsten verlassen hatte und er nicht zahlte. Immer wieder fühlte Fritzi sich wie eine Versagerin.

Von Mark wusste Fritzi, dass ihr Ex-Mann Karsten nun endgültig bei den völkischen Siedlern gelandet war. Sie erreichte ihn überhaupt nicht mehr. Zum Glück fragten Lasse und Noah sehr selten nach ihrem Vater. Sie wusste auch gar nicht, wie sie ihnen erklären sollte, dass ihr Erzeuger in die rechtsextreme Szene abgetaucht war.

Aus der Familie wollte Fritzi niemanden anbetteln. Vor allem von Bea würde sie keine Almosen annehmen.

Mark hatte Fritzi schon öfter angeboten, ihr etwas zu leihen. Aber ihr Stolz und ihre Sturheit hatten sie bisher davon abgehalten.

Bea hatte ihr erzählt, dass Mark Eva früher finanziell unterstützt hatte. Fritzi fand es beschämend, dass ihre Schwester das angenommen hatte. Eva, die immer Eigenständigkeit propagierte und auf eigenen Beinen stehen wollte, machte sich damit abhängig von ihrem Schwager. Doch was wusste sie schon von Eva? Die war ja nach Bali gegangen, als Fritzi Mitte 20 war, und hatte sich erst vor zwei Jahren mal bei ihr gemeldet.

Genau wie während ihrer Drogensucht war Eva jetzt wieder wie ein Popstar in aller Munde. Die verloren geglaubte Tochter, nach vielen Jahren zurückgekehrt. Aber Fritzi ließ das alles ziemlich kalt. Eva hatte ihr geschrieben, sie ein-, zweimal angerufen, aber ihr Kontakt war oberflächlich geblieben. Gedanken an Eva verdrängte Fritzi meistens. Es war ihr unbegreiflich, dass eine Mutter ihr Kind im Stich lassen konnte.

Bea holte zwei Sektgläser aus dem Schrank und stellte sie auf den Tisch. Dann brachte sie eine Flasche Prosecco aus dem Kühlschrank.

„Okay", sagte Bea. „Geld ist ein doofes Thema. Aber wichtig ist es eben auch. Ganz ehrlich, Mama und Papa scheinen auch nicht mehr viel zu haben. Irgendwas muss vorgefallen sein, worüber Mama nicht spricht."

„Keine Ahnung", sagte Fritzi schulterzuckend. Sie legte ihre Hand über ihr Glas. „Für mich bitte nichts, ich muss ja noch fahren. Ich denke, dass ich jetzt die Kinder einsammle und wir abdüsen."

„Pass auf." Bea legte ihre Hand auf Fritzis Hand. „Ich hab meinem Besuch abgesagt. Hatte nach dieser Schocknachricht keinen Bock auf deren Gesellschaft. Wir haben massenhaft Käse und anderen Krams für Raclette. Bleibt doch einfach zum Essen, ihr könnt auch hier schlafen." Bea öffnete die Flasche und füllte die zwei Gläser. „Und wir beide betrinken uns jetzt! Mir ist danach."

Fritzi zögerte. Sie wollte eigentlich mit Lasse und Noah zu Hause noch etwas spielen und dann bald ins Bett.

„Hat Mark nichts dagegen, wenn wir hierbleiben? Wo ist der überhaupt?"

„Ach komm, du weißt doch, dass er euch sehr mag und gern mit den Jungs Quatsch macht. Er wollte zu seinen Eltern und noch mit unserem Nachbarn einen Glühwein trinken", sagte Bea.

„Na gut. Ich frag mal die Kinder." Fritzi ging in Beas riesiges Arbeitszimmer.

„Mama!" Noah rannte auf sie zu und umklammerte ihre Beine. Fritzi beugte sich zu ihm herunter und strich ihm über seine Haare. „Na, seid ihr wieder am daddeln?"

„Ja", sagte Lasse. „Aber wir waren auch draußen, frag Bea."

„Ich glaube dir das auch so. Was haltet ihr davon, wenn wir hier Silvester feiern und übernachten?" Fritzi hockte sich auf die Lehne eines Sessels.

„Oh ja!", rief Lasse erfreut. Er starrte weiterhin auf den Bildschirm. „Kommt Mark auch bald?"

„Bestimmt", antwortete Fritzi.

Noah vollführte einen kleinen Freudentanz und gab Fritzi einen dicken Knutscher auf die Wange. Ein wohliger Schauer durchlief sie. Was hatte sie doch für tolle Söhne.

Als Fritzi wieder in die Küche kam, überreichte Bea ihr einen Umschlag.

„Hier ist noch mein verspätetes Weihnachtsgeschenk für dich."

Fritzi stutzte. „Mensch, Bea, wir schenken uns doch nichts!"

„Nee, eigentlich nicht, aber dies musste sein." Ihre Schwester schaute sie erwartungsvoll an. Verdutzt betrachtete Fritzi den Umschlag und machte ihn zögerlich auf. Eine Karte für das Benefizfestival im Sommer kam zum Vorschein.

„Oh, danke, aber ich ... ich weiß gar nicht, ob ich da kann", stammelte sie. „Wahrscheinlich bin ich da mit Lasse und Noah an der Ostsee."

Es war so gut wie klar, dass sie sich einen Urlaub in der Hauptsaison gar nicht leisten konnte. Aber Fritzi hatte keine große Lust auf das Festival und mochte es auch nicht, wenn Bea über ihre Zeit bestimmte, indem sie ihr gönnerhaft Tickets für Veranstaltungen schenkte.

„Na, dann fährst du halt später. Ferien sind doch bis Ende August." Bea streifte sich eine Schürze über und holte ein frisches Geschirrhandtuch aus dem Schrank.

„Ja, mal gucken." Fritzi steckte das Ticket in ihre Tasche.

Es nervte sie, dass Bea ständig von dem Event anfing und so sehr mit ihrer Idee angab, damit Geld für Frauen im Iran zu sammeln. Ihre Schwester erzählte überall herum, wie gut sie mit Sima befreundet war und über die Situation im Iran Bescheid wusste.

Über Sima sprachen Bea und auch ihre Mutter immer nur in den höchsten Tönen.

Fritzi hatte Sima ein paar Mal bei ihren Eltern getroffen. Sie hatte bisher keinen blassen Schimmer, was an der Frau so besonders sein sollte. Ihre Mutter betonte aber ständig, wie großartig das Engagement von Bea und Sima sei.

Früher hatte auch ihre Mutter Bedürftigen geholfen. Oft hatte sie Fritzi mit auf irgendwelche Charity-Veranstaltungen geschleppt. Sie musste dann freundlich lächeln und mit Spendendosen klappern. Ihre Mutter hatte ihr Zöpfe geflochten und sie in frisch gestärkte Kleider mit weißen Kragen gesteckt.

Fritzi hatte die langweilig aussehenden Herren in ihren edlen Anzügen und die aufgetakelten Damen in glänzenden Abendroben angestrahlt und ihnen das Geld förmlich aus der Tasche gezogen.

Ihre Mutter hatte Fritzi bei solchen Veranstaltungen stets als sehr aufgekratzt erlebt und ihr Lächeln als unecht empfunden.

Endlich kam Mark und die Jungs freuten sich sehr. Sie sprangen um ihn herum, plapperten drauflos und wirkten gelöst.

Fritzi mochte ihren Schwager auch. Er war verlässlich, etwas verschmitzt und ein angenehmer Gesprächspartner.

Gemeinsam bereiteten sie das Essen vor.

Bea verteilte die Aufgaben, wirkte dabei aber relativ gelassen. Das lag wahrscheinlich am Prosecco. Sie lächelte ihrem Mann zu und er erwiderte es.

Dieses Bild der heilen Familie versetzte Fritzi wieder einmal einen Stich. Sie hatte den Eindruck, dass ihre Kinder auch gut in dieses Haus passten. Alle vier hätten eine Familie in einem Hochglanz-Magazin darstellen können.

Würde sie selbst jemals wieder mit einem Mann so eine Partnerschaft leben können? Wäre jemand bereit, sie zusammen mit ihren Jungs zu akzeptieren?

Bea befüllte ihre teure Küchenmaschine mit Zutaten für Dips und pfiff eine schwungvolle Melodie vor sich hin. Fritzi setzte Kartoffeln auf und schnippelte Gemüse, während Mark Rindfleisch in dünne Streifen schnitt. Die Jungs holten Käse, Thunfisch, Mais und anderes aus Verpackungen und Dosen.

Dann deckten Lasse und Noah mit dem Festtags-Porzellan und dem Silberbesteck den Tisch.

Fritzi staunte immer wieder darüber, dass ihre Söhne bei Bea so funktionierten. Hier waren sie fast immer höflich und parierten, zu Hause lief alles viel chaotischer ab.

Alle setzten sich um den großen Tisch im Esszimmer und befüllten Pfännchen.

Fritzi war schnell satt. Meistens war ihr Appetit groß, sie war süchtig nach Naschkram und hatte keine Lust mehr auf Diäten und Fastenkuren. Sie nahm sich so, wie sie war, und sie freundete sich immer mehr mit ihren Kurven und Fettpolstern an. Doch heute bekam sie nicht viel herunter.

Die Kinder mochten Raclette nicht besonders, rissen sich aber zusammen.

Nach einer Weile verzogen sich Lasse und Noah mit Mark in Beas Arbeitszimmer, um weiter am Rechner zu spielen. Fritzi fehlte die Kraft, sie davon abzuhalten.

„Hast du Mark das von Papa etwa gar nicht erzählt?", raunte Fritzi Bea zu.

Bea schenkte sich und Fritzi einen Aquavit ein. „Logisch, hab es ihm geschrieben. Eben hab ich auch kurz im Bad mit ihm darüber gesprochen, aber es nicht so dramatisch geschildert. Wollte ihn nicht beunruhigen."

„Typisch für uns Seefeldts, oder?" Fritzi leerte das Schnapsglas in einem Zug.

„Was genau meinst du?" Bea schaute sie irritiert an.

„Na, dass wir Gefühle unterdrücken aus Angst, die anderen zu beunruhigen."

„Findest du, dass das typisch für uns ist? Darüber habe ich noch nie nachgedacht." Bea holte eine weitere Flasche Prosecco aus dem Kühlschrank.

„Doch, das ist so", behauptete Fritzi. Sie lachte gequält auf und begann, den Tisch abzuräumen.

Mark und Fritzi gingen kurz nach halb zwölf mit den Jungs

raus, um ein bisschen zu knallen. Bea war nicht böse darüber, dass sie im Haus bleiben konnte. Sie mochte das Geballer nicht und nutzte lieber die Möglichkeit, sich in Ruhe umzuziehen.

„Deine Schwester freut sich sehr, dass ihr hier seid", sagte Mark, als sie vor der Garage standen.

„Scheint so. Liegt wahrscheinlich am Alkohol."

„Na komm, werde nicht ungerecht. Bea steht oft unter Strom, aber sie meint es nie persönlich. Und sie kann auch ohne Sekt nett und lustig sein."

„Wenn du das sagst." Fritzi seufzte. „Findest du es nicht komisch, dass wir so wenig in Sorge um unseren Vater sind?" Sie schaute in den Himmel und trat von einem Fuß auf den anderen.

„Harte Schale, weicher Kern. So seid ihr eben", bemerkte Mark. „Ich glaube, dass Bea schon geschockt war, aber wenn sie eh nichts machen kann, schaltet sie auf Betriebsamkeit um." Er zwinkerte Fritzi zu.

„Ja, ist bei mir ähnlich", gab sie zu.

„Juuuungs!", rief Fritzi ihren Söhnen hinterher. „Geht bitte nicht allein auf die Straße."

Lasse vergrößerte seinen Radius seit seinem sechsten Geburtstag immer mehr und sein kleiner Bruder lief ihm meistens hinterher.

„Keine Sorge, auf unserer Straße ist so gut wie kein Verkehr", versuchte Mark sie zu beruhigen.

Sie zündeten ein paar Wunderkerzen und Böller an und staunten über das riesige, bunte Feuerwerk, das bereits eine Viertelstunde vor zwölf über Hamburg zu sehen war.

Fritzi sehnte sich nach einer wärmenden Umarmung, aber sie wollte sich auf keinen Fall auf ihren Schwager stürzen. So schlang sie die Arme um sich selbst.

„Mama, dürfen wir nächstes Jahr mal richtige Raketen kaufen?", bettelte Lasse und guckte Fritzi mit treuherzigem Blick an.

„Nein, ich denke nicht. Viel zu teuer und viel zu viel Lärm und Dreck."

„Du bist doof!" Lasse ließ den Kopf hängen.

Kurz vor Mitternacht gingen sie wieder ins Haus. Bea hatte sich ein schwarzes Cocktailkleid angezogen und sich geschminkt. Sie sah jetzt mindestens fünf Jahre jünger aus.

Mark nickte anerkennend.

„Kinder, lasst uns tanzen!", flötete Bea und stellte das Radio an.

Sie winkte Mark zu sich, packte ihn und fegte mit ihm zu einem Schlager durch das Wohnzimmer. Fritzi musste lachen und ließ sich von Lasse überreden, mit Noah und ihm eine Polonaise durch das Erdgeschoss zu machen.

Dann verkündete der Radiosprecher das Jahr 2023.

Fritzi, Bea und Mark stießen mit Sekt an, die Kinder mit Orangensaft.

Sie umarmten sich alle. Bea strich Fritzi über den Rücken und küsste sie auf die Wange. Fritzi drehte ihren Kopf zur Seite, ihre Schwester hatte eine schlimme Fahne.

Fritzi war etwas duselig, aber sie hatte sich mit dem Sekt mehr zurückgehalten als Bea.

Gegen halb eins wurden die Kinder quengelig und wollten schlafen. Mark gab ihnen zwei seiner Oberhemden, die sie als Pyjama nutzten.

Fritzi ging mit ihnen hoch ins Gästezimmer. Als sie von der Toilette kam, schliefen Lasse und Noah schon tief und fest im großen Bett.

Eine bleierne Müdigkeit befiel Fritzi. Sie roch Schweiß unter ihren Achselhöhlen, doch sie hatte keine Lust mehr, sich gründlich zu waschen und sich von Bea ein Nachthemd zu leihen. So legte sie sich in Jeanshose und Pulli zu ihren Kindern und schmiegte sich an ihre warmen Körper.

Der Wind heulte um das große Haus und aus der Ferne waren ein paar Knallgeräusche zu hören. Fritzi stellte sich vor, mit Robert vor einem Kaminfeuer zu kuscheln und versank mit einem Lächeln ins Reich der Träume.

8 | *Bea*

Bea beobachtete ihre beiden Neffen von ihrem Wohn-
zimmerfenster aus. Ausgelassen tobten Lasse und
Noah über den Rasen. Eine feine Schneedecke bedeckte den gesamten Garten.

Der Garten war ihr ganzer Stolz und auch ihre Ruhe-
oase. Hier konnte sie sich von ihrem herausfordernden Job
in der Anwaltskanzlei erholen.

Zum Glück hatte Bea die Kinder überreden können, mal
ein paar Minuten draußen zu spielen. Bald würden sie wieder hereinstürmen und den Fußboden mit Matschflecken
bedecken, wenn sie nicht aufpasste.

Seit einiger Zeit strengte es Bea sehr an, Fritzis Söhne
zu hüten. Lasse und Noah waren zwar drollig, aber auch
enorm zappelig. Stets wollten sie irgendwas Neues aus-
probieren, spielten am Rechner oder hatten Hunger. Sie
merkte, wie es sie zunehmend nervte, dass ihre Schwester
so häufig ihre Jungs bei ihr parkte. Bea willigte nur deshalb
immer wieder ein, weil sie wusste, dass Fritzi nach ihrer
Trennung in einer schwierigen Situation war. Ihr Ex-Schwa-
ger Karsten war ein Totalausfall und zahlte keinerlei Unter-
halt. Bea konnte gut nachvollziehen, dass Fritzi sich von
ihm getrennt hatte.

Ihr Mann Mark hatte herausgefunden, dass Karsten in
die rechtsextreme Szene abgerutscht war und er ließ seine
Kontakte bei der Polizei und beim Verfassungsschutz spie-

len, um nach Karsten zu suchen. Noch war nicht klar, ob und wie man ihn aus dem radikalen Geflecht herausholen konnte. Und selbst wenn es irgendwann gelänge, hielten Bea und Mark es für unwahrscheinlich, dass Karsten dann wenigstens finanziell für seine Kinder sorgen würde.

Laut Fritzi waren die Jungs gern bei ihnen in Emmelndorf. Das lag wohl vor allem an Mark. Ihr Onkel ging sehr selbstverständlich mit ihnen um. Er hatte mehrere Nichten und Neffen und war ein Spielkalb.

Beas Eltern passten fast nie auf die Jungs auf. Und wenn Bea genauer nachdachte, musste sie feststellen, dass ihre Eltern auch für ihre eigenen Töchter meistens Kindermädchen gehabt hatten.

Bea wollte noch eine halbe Stunde auf ihrem Rudergerät trainieren. Das machte sie täglich. Danach musste sie das Raclette vorbereiten. Mark und sie hatten zwei Ehepaare aus dem Golfclub eingeladen.

Gerade wollte sie die Treppe zum Fitnessraum hinuntergehen, da klingelte ihr Handy. Eva war dran. Bea wunderte sich. Schon seit Wochen hatte sie nicht mehr mit ihrer Schwester gesprochen.

„Georg ist im Krankenhaus." Evas Stimme zitterte ein wenig.

„Waaas?", rief Bea aus. „Wieso das denn?"

„Er lag auf dem Boden neben seinem Schreibtisch und war nicht mehr ansprechbar. Bin mit Mama im UKE. Wir warten noch auf die genaue Diagnose."

„Oh je", sagte Bea und ließ sich auf einen Sessel sinken. „Und wie ... wie geht es Mama?" Sie zog an ihrem Pferdeschwanz, wie immer, wenn sie nervös war.

„Mama ist natürlich völlig durch den Wind, aber keine Sorge, ich kümmere mich um sie."

Bea hörte, wie Eva am anderen Ende der Leitung einen tiefen Zug aus ihrer Zigarette nahm.

Sie stellte sich wieder vor das Terrassenfenster und starrte hinaus. Eine Hitzewallung schickte sich an, ihren Körper zu durchziehen.

„Ich könnte kommen. Fritzi holt hoffentlich gleich die Kinder und meinem Besuch sage ich ab."

„Nein, Bea, das brauchst du nicht. Ich bin ja hier. Und für Georg können momentan nur die Ärzte was tun. Sagst du bitte Fritzi Bescheid?"

Bea holte tief Luft, sie schwitzte mittlerweile stark. „Klar, mach ich. Dann liebe Grüße an Mama. Richte ihr bitte aus, dass ich morgen zu ihr komme."

„Okay." Eva räusperte sich.

Beide legten auf.

Bea raufte sich die Haare und wischte sich mit dem Ärmel ihres Sweatshirts die Schweißperlen aus dem Gesicht. Ausgerechnet jetzt war Mark nicht da. Sie hätte sich gerne an seine starke Schulter gelehnt.

Wieso hatte ihre Mutter Eva als Erste informiert und nicht sie? Sie war es doch, die trotz ihrer fordernden Arbeit als Anwältin und ihres ehrenamtlichen Engagements immer für ihre Mutter da war, wenn sie sie brauchte. Hanne klagte in letzter Zeit öfter über Rückenschmerzen und hatte Beas Meinung nach depressive Schübe. Es standen nach Neujahr Termine bei einem Orthopäden, einem Augenarzt und einer Psychologin an. Für ihre Mutter stand es sonst außer Frage, dass sie als ihre älteste Tochter sie begleitete.

„Bea, lass uns rein!", rief Lasse und klopfte wie ein wild gewordener Stier an die Scheibe.

Bea zuckte zusammen. Nur widerwillig öffnete sie die Terrassentür.

„Schuhe aus!", forderte sie und merkte selbst, dass sie einen Tick zu laut gesprochen hatte. Sie wollte keine doofe Tante sein, aber die Jungs sollten ihr auch nicht auf der Nase herumtanzen.

„Schon gut", beteuerte Lasse. Die beiden fügten sich und stellten ihre kleinen Stiefel auf einen feuchten Wischlappen, der auf einer Fußmatte lag.

„Ich hab Durst", sagte Noah.

„Jungs, in der Küche stehen doch noch eure Becher." Bea bückte sich runter, um ihnen ihre Jacken abzunehmen.

Sie ging mit den Kindern in die Küche und schenkte ihnen Apfelsaft ein.

„Ich mag den nicht!", rief Noah und spuckte den Saft angewidert zurück in den Becher. Sein älterer Bruder boxte ihn in die Seite. „Psst, du siehst doch, dass Bea keinen Spaß versteht", sagte Lasse leise.

„Lasse, ich versteh schon Spaß, aber ich habe gerade einen blöden Anruf bekommen und muss meinem Besuch für heute Abend absagen." Bea rieb sich die Schläfe. Sie spürte Tränen aufsteigen, wollte sie aber um jeden Preis unterdrücken.

Lasse nickte. „Genau, Noah, jetzt lassen wir Bea mal in Ruhe und nerven nicht. Hol dir einfach Wasser."

Noah ging zu Bea und streichelte ihren Arm. „Sei nicht traurig. Weißt du was, ich kann Mama auch immer zum Lachen bringen. Ich denk mir was aus."

Es rührte Bea, dass ein Dreijähriger so einfühlsam sein konnte. Sie drehte sich von Noah weg und griff sich ein Taschentuch aus einer Packung, die auf dem Tisch lag.

Endlich kam Fritzi. Bea umarmte sie kurz, obwohl sie innerlich brodelte, weil Fritzi mal wieder nicht an ihr Handy gegangen war.

Ihre kleine Schwester wirkte durcheinander und roch nach Schweiß und – bildete Bea sich das nur ein? – nach einem Hauch von Männerparfüm. Fritzis Wangen glühten und ihre Locken umspielten wild ihr Gesicht.

Ihre jüngere Schwester hatte vor ein paar Wochen merkwürdige Andeutungen gemacht und ihre Augen hatten auffallend gefunkelt. Bea kannte diesen Blick ihrer Schwester nur allzu gut. Sie hatte den immer, wenn sie sich kopflos verliebte.

Jede Wette, dass ihr Liebhaber in festen Händen war.

Bea erzählte Fritzi, was mit ihrem Vater passiert war. Sie wunderte sich, dass ihre Schwester doch recht erschrocken reagierte und zunächst ziemlich sprachlos war. Auch ihr selbst fehlten für ein paar Momente die Worte. So saßen die beiden schweigend in der Küche und stierten vor sich hin.

„Ich denke, dass wir jetzt nach Hause fahren. Ich will noch Pizza machen", sagte Fritzi irgendwann seufzend.

„Du meinst, du wirst eine Tiefkühlpizza in den Ofen schieben, oder? Ich hätte den Jungs ja was gemacht, aber sie meinten, dass sie mit dir essen wollen", erklärte Bea.

Immer wieder hörte sie heraus, dass Fritzi ihren Kindern Fertigprodukte vorsetzte. Wenn sie ihren Neffen frisches Gemüse anbot, verschmähten sie es. Doch sobald Bea Fritzi auch nur ansatzweise darauf ansprach, explodierte die sofort. So auch jetzt.

„Bea, bitte, ich bin zu müde für einen Vortrag über Nachhaltigkeit und Ökotrophologie. Wir kommen klar. Und falls es dich beruhigt: Wenn ich mal die Zeit habe und die Zutaten im Angebot sind, machen wir die Pizza selber."

Bea wollte keinen Streit. Um Harmonie bemüht, schlug sie ihrer Schwester vor, mit den Kindern zu bleiben, um gemeinsam zu essen und im kleinen Familienkreis ins neue Jahr zu starten.

Bea war froh, dass Fritzi irgendwann aufstand, um mit den Jungs zu sprechen. Sie hatte einen Jieper auf Alkohol und stürzte kurz hintereinander zwei Gläser Prosecco hinunter.

Plötzlich fiel ihr ein, dass sie noch ein Geschenk für Fritzi hatte und sie überlegte fieberhaft, wo sie bloß den Umschlag mit der Konzertkarte hingelegt hatte. Bea vermutete ihn in der Küchenschublade, aber da lag er nicht. Was war nur los? In letzter Zeit waren immer mal wieder Dinge verschwunden. Bea fluchte, sie brauchte klare Strukturen und Ablageorte. Hatte etwa die Putzfrau Sachen weggeräumt oder gar gestohlen?

Schließlich fand sie den Umschlag in ihrer Kommode im Schlafzimmer.

Viele ihrer Bekannten trauten Bea ein gesellschaftliches Engagement nicht zu. Aber sie hatte seit Jugendtagen ein großes Verantwortungsbewusstsein und wollte für Gerechtigkeit einstehen.

Durch die Lady Company war sie gut vernetzt und wusste, wo Hilfe gebraucht wurde. Als sie Sima im Haus ihrer Eltern kennenlernte, war ihr schnell klar, dass sie mit ihr gemeinsam den Freiheitskampf der Frauen im Iran unterstützen wollte. Engagierte Frauen imponierten Bea schon immer.

Sie hatte dreißig Karten für das Benefizfestival gekauft und auch schon viel Werbung dafür in ihrer Company und im Golfclub gemacht.

Die Tickets wollte sie Freundinnen und Mandanten schenken. Eins war für ihre Schwester gedacht.

Bea gab gerne. In ihrem Elternhaus waren Geschenke eher Mangelware gewesen. Ihre Mutter hatte auf Adventsbasaren in den Gemeindehäusern der Umgebung Selbstgestricktes als Weihnachtsgeschenk für ihre Töchter gekauft. Zusätzlich gab es in jedem Jahr für jedes Mädchen ein Buch. Zum Geburtstag hatten sie alle einen Umschlag mit Bargeld bekommen.

Später hatten sie sich im Familienkreis darauf geeinigt, auf Geschenke ganz zu verzichten. Nur die Enkelkinder wurden von Hanne stets reichhaltig bedacht. Jedenfalls bis zu diesem Jahr.

Ein einziges Mal hatte ihr Vater eine Skireise für die ganze Familie spendiert, als Bea und Eva Teenager waren und Fritzi noch ein Kleinkind. Allerdings war Fritzi in dem Wintersportort krank geworden und Eva hatte sich die ganze Zeit mit ihrem Vater gestritten. Keine schöne Erinnerung.

Bea wedelte mit dem roten Umschlag, als Fritzi wieder in die Küche kam.

Schlechtgelaunt zog Fritzi die Eintrittskarte aus dem Kuvert.

Bea ärgerte sich über ihre jüngste Schwester. Konnte sie sich nicht einfach über die Einladung zu dem Festival freuen? Oder wenigstens so tun? Stattdessen hatte Fritzi andauernd Ausreden. Diesmal war es eine Ostseereise, die sie angeblich genau zum Zeitpunkt des Festivals geplant hatte.

Doch Bea glaubte nicht an Fritzis Pläne. Und selbst wenn sie mit den Jungs ein paar Tage wegfahren wollen würde, könnte sie das ja auch später noch tun.

„Was hältst du denn davon, die Kinder einfach mitzunehmen? In Berlin könnt ihr einen wunderbaren Kurzurlaub an den vielen Seen machen. Oder ihr fahrt nach dem Event an die Ostsee. Von Berlin aus ist es ja nicht weit nach Usedom."

„Witzig", erwiderte Fritzi. „Usedom kann sich kein Normalsterblicher mehr leisten."

„Dann eben nicht." Bea wurde lauter. „Dass du aber auch immer alles ablehnst, was ich vorschlage!" Sie schnippte ein paar Fussel von ihrem Hoodie und nahm einen großen Schluck aus ihrem Glas. „Die Kinder könnten doch während des Festivals bei Tante Dodo bleiben", versuchte Bea es weiter, „die würde sich bestimmt freuen, die beiden wiederzusehen."

„Tante Dodo? Diese alte Schreckschraube? Die hab ich ja als Kind schon gehasst. Lasse und Noah kennen die doch gar nicht. Wir sind ihr nur ganz kurz auf der Beerdigung von Onkel Ferdinand begegnet. Und hat Mama nicht immer behauptet, dass Dodo ultra-rechts ist? Nee, Bea, ich will mit solchen Leuten echt nichts zu tun haben! Und schon gar nicht meine Kinder von denen betreuen lassen!" Fritzi stöhnte auf.

„Mama stellt alle in die rechte Ecke, die nicht sofort nicken, wenn es gegen die Blaubraunen geht", bemerkte Bea. „An Karsten hat sie auch nie ein gutes Haar gelassen."

„Tja, so falsch lag sie damit ja nicht." Fritzi verschränkte ihre Arme. „Schau dir doch meinen Ex an, wo der gelandet ist. Hängt bei irgendwelchen völkischen Siedlern rum und verbreitet gruseliges Gedankengut über die sozialen Medien", stellte Fritzi klar.

Bea legte ihre Handflächen wie zum Gebet zusammen. „Okay, dann eben nicht Tante Dodo. Ich dachte nur, weil es ja Familie ist und sie ein großes Haus am Wannsee hat. Aber ich kann mir auch durchaus vorstellen, dass deinen Söhnen die Musik auf unserem Festival gefällt."

„Ein Programm über mehrere Stunden! Mit voller Lautstärke und Reden zwischendrin? Und dann wohl eher mit Bands nach dem Geschmack von Eva und dir ... ich denke eher nicht", sagte Fritzi und klang, als ob sie Bea jegliche Erziehungskompetenz absprechen wollte.

Sie hörten die Haustür zufallen. Mark kam endlich nach Hause.

Prompt änderte sich die Stimmung. Die Kinder sprangen ausgelassen umher und Fritzi scherzte ungezwungen mit ihrem Schwager.

Sie machten es sich auf der großen Couch im Wohnzimmer gemütlich. Die Kinder hockten sich zwischen Mark und Fritzi. Gemeinsam guckten sie sich ein kurzes Filmchen auf Marks Tablet an und amüsierten sich köstlich, während Bea sich wieder in die Küche verzog.

Sie war froh darüber, dass dann doch alle mithalfen bei der Vorbereitung für das Raclette. Allerdings fiel es Bea schwer, locker zu sein. Ihre Anspannung war deutlich zu spüren. Ein Kribbeln breitete sich in ihren Händen und Füßen aus. Sie traute Eva nicht zu, mit den Ärzten zu sprechen und ihre Mutter zu unterstützen. Doch inzwischen hatte sie so viel getrunken, dass sie gar nicht mehr in der Lage war, nach Hamburg reinzufahren.

Nach dem Essen wollten die Jungs raus und zogen abwechselnd an Fritzis und Marks Armen.

„Geht ihr nur", redete Bea Fritzi und Mark gut zu. „Ich brauche einen Augenblick für mich."

Sie wollte sich umziehen. Ihr war nach etwas Glamour. So tauschte Bea in ihrem Ankleidezimmer die schlabberigen Sportklamotten gegen ein teures Cocktailkleid ein.

Ausgiebig betrachtete sie sich in ihrem Ganzkörperspiegel. Auch mit fast fünfzig war sie schlank und durchtrainiert. Ihre Figur war wesentlich sportlicher als Fritzis und sie hatte eine viel bessere Haut als Eva. Das erfüllte sie mit einer gewissen Genugtuung. Niemals wollte Bea so moppelig wie Fritzi werden. Auf der anderen Seite bewunderte sie ihre jüngere Schwester, weil die so selbstverständlich mit ihren Rundungen umging und sie beneidete sie um ihre schönen, prallen Brüste.

Man merkt kaum, dass ich zehn Jahre älter bin als Fritzi, dachte sie, während sie ihr Haar kämmte und ihren Zopf dann ausnahmsweise zu einem strengen Ballerina-Dutt knotete. Aus einer großen Schmuckschatulle fischte sie einen silbernen Ring, passende Ohrringe und eine Perlenkette.

Als Bea in ihre Pumps steigen wollte, merkte sie, dass sie nicht mehr ganz standfest war. Sie musste sich am Türrahmen abstützen und atmete tief durch, bevor sie die Wendeltreppe hinunterstieg.

Im selben Moment kamen Fritzi und Mark mit den Jungs wieder rein.

Bea stellte das Radio an und forderte ihren Mann überschwänglich zum Tanzen auf. Der nahm die Einladung mit einem verschmitzten Lächeln an und wirbelte sie herum. Gut, dass er so kräftig war und sie festhielt. Sonst wäre sie womöglich gestolpert, so schwindelig wie ihr war. Aus dem Augenwinkel fiel Bea auf, dass Fritzi sie genau musterte. Sie war sich sicher, dass sie ihr neues Kleid und ihre Ausstrahlung bewunderte. Übermütig streckte sie ihrer Schwester die Zunge raus. Fritzi guckte Bea verständnislos an und zeigte ihr einen Vogel.

Die Wünsche zum neuen Jahr fielen etwas knapp aus, weil alle müde waren. Bea küsste ihre Schwester trotzdem, aber Fritzi machte sich ganz steif.

Der Tag hat uns wohl alle geschafft, dachte Bea und leerte ein letztes Glas Prosecco.

Nachdem Fritzi und die Kinder schon länger im Bett waren, gingen auch Bea und Mark gegen halb zwei hoch ins Schlafzimmer. Bea zog sich einen Pyjama an und kuschelte sich in ihre Seidenbettwäsche. Mark lag schon auf seiner Seite. Sie waren immer noch zärtlich miteinander, auch wenn der Sex nicht mehr besonders leidenschaftlich war.

In dieser Nacht jedoch war Bea nicht mehr nach Sinnlichkeit zumute. Sie gähnte.

Urplötzlich musste sie an die Zeit vor fünfzehn Jahren denken, als sie sehr viel unternommen hatten, um ein Kind zu bekommen. Die vielen Untersuchungen und Maßnahmen hatten sie beide viel Geld, Anstrengung und Lebenszeit gekostet.

Am Ende hatte sich herausgestellt, dass Marks Spermien zu langsam waren. Nach drei erfolglosen künstlichen Befruchtungen hatten sie aufgegeben.

Bea redete sich ein, dass ihr Job sie ausfüllte und auch Mark schien nie besonders unzufrieden mit seinem Leben und der Arbeit als Staatsanwalt zu sein. Doch wenn Bea ganz ehrlich zu sich selbst war, schaute sie mit etwas Missgunst auf Eva und Fritzi, weil ihre Schwestern Kinder hatten. Nach außen überspielte sie das allerdings gern.

„Puh, die Jungs können schon echt nervig sein. Ich bin so froh, dass meine Eltern nicht mehr bohren wegen Enkelkindern von unserer Seite", lallte Bea und legte ihren Kopf auf Marks behaarte Brust.

„Ach, Lasse und Noah sind doch toll", sagte Mark.

„Bist du etwa neidisch?" Bea hickste.

„Nee, jedenfalls nicht auf Fritzi. Ich bin nur manchmal ein bisschen traurig, dass wir nur uns haben", entgegnete Mark und strich Bea eine Strähne aus dem Gesicht.

Dieser Satz traf Bea.

Genügte sie ihm also nicht mehr?

Ihr Kopf dröhnte.

„Ich hab mal geglaubt, dass du was mit Fritzi hast", rutschte es ihr heraus.

„Wie bitte?" Mark schob Beas Kopf von seinem massigen Körper und setzte sich auf. „Was redest du denn da?"

„Na ja, ihr habt euch früher immer so verliebt angesehen." Bea schaute zu Mark hoch. „Ich weiß ja, dass ihr euch mögt und ... mit mir ist es ja auch nicht immer so einfach."

„Hör auf damit!" Er hielt sich die Ohren zu. „Bea, du solltest wirklich weniger trinken. Wie kommst du bloß auf so einen Mist?" Er schüttelte energisch den Kopf und rüttelte an Beas Schulter.

„Sorry", sagte sie nur und schob seine Hand weg. „Vergiss es einfach wieder, ich wollte ... dich nur ein bisschen foppen." Sie kicherte.

„Reiß dich einfach mal mehr zusammen! Außerdem stinkst du nach Alkohol", schimpfte er und knipste seine Leselampe aus. Dann drehte er sich zur Wand.

Bea erschrak. War das ihr sanftmütiger Mann? Sie fragte sich, warum er so heftig reagierte. In ihrem Kopf war gerade nur Matsch. Sie drehte sich weg und konnte nun die Tränen nicht mehr unterdrücken. Ihr Kopfkissen wurde feucht.

Juni 2023

9 | *Karla und Jette*

Leicht gestresst versuchte Karla, die kleinen Törtchen aus der Form zu lösen. Endlich gelang es ihr mit einem Messer. Sie stand in der kleinen Küche einer Kunstgalerie im Leipziger Stadtteil Plagwitz. Jette hatte sie gebeten, ihr bei der Vorbereitung ihrer Vernissage zu helfen. Karla stopfte sich ein paar Krümel in den Mund, wusch sich dann schnell die Hände und begann Sahne zu schlagen. Danach pürierte sie gezuckerte Erdbeeren und hob das Früchtemus unter die Sahne.

Backen war schon länger ein Hobby von ihr. Das hatte sie mit Jette gemeinsam.

„Wow, die sehen aber lecker aus!"

Karla hielt sich vor Schreck eine Hand auf die Brust; sie hatte Jette nicht gehört. Die wiederum lehnte entspannt mit verschränkten Armen am Türrahmen.

Karla staunte einmal mehr über Jettes Ausstrahlung. Sie wirkte so selbstsicher in ihrem kurzen Wildlederrock und einem enganliegenden Top. Die Efeu-Tattoos kamen auf Jettes gebräunter Haut bestens zur Geltung.

„Ich helfe dir echt gerne. Bin voll froh, dass ich hier bei dir sein darf."

Karla leckte die Schläger ab und hielt dann Jette den Teller mit den Törtchen hin. Die nahm sich dankbar eins.

„Ist doch selbstverständlich, Süße. Du brauchtest doch dringend Abstand von zu Hause." Jette biss in das Gebäckstück und zupfte an Karlas Schürze mit der Aufschrift Chefköchin. „Richtig stilecht, Schwesterherz", kommentierte sie, nachdem sie den letzten Bissen heruntergeschluckt hatte und nickte anerkennend.

Schwesterherz, dachte Karla, das klang so schön. Sie war ja trotz allem noch immer so etwas wie Jettes kleine Schwester. An diesem Verbundenheitsgefühl änderte die Tatsache, dass sie nicht denselben Vater hatten, nichts.

Karla band sich die Schürze ab und hängte sie an einen Nagel. „Ja, wenn schon, denn schon. Hab das Teil neulich auf einem Flohmarkt entdeckt."

Jette schaute auf ihr Handy. „Oh, ich muss los zum Bahnhof, Jan abholen." Sie warf Karla eine Kusshand zu und verschwand.

Karla konnte Jettes Begeisterung für Jan nicht ganz nachvollziehen. Er wirkte langweilig und auch ein bisschen arrogant auf sie. Aber wo die Liebe hinfällt ...

Sie stellte alle Zutaten in den Kühlschrank. Vorerst hatte sie nur ein paar Törtchen zum Probieren befüllt. Morgen früh würde sie hier weitermachen.

Am nächsten Tag sollte Jettes erste große Ausstellung mit einer Eröffnungsfeier beginnen.

Karla schnappte sich ihre große Umhängetasche, zog die Tür zur Galerie zu und lief in Flipflops, kurzer Hose und Shirt am Karl-Heine-Kanal entlang zur nächsten Straßenbahnstation.

Um die Mittagszeit war es mal wieder brütend heiß. Der Sommer schlug mit aller Kraft zu, dabei war es erst Juni.

Von Plagwitz musste Karla nur ein paar Stationen in die Süd-vorstadt fahren.

Seit mehr als drei Monaten lebte sie nun schon in Leip-zig. Sie hatte die Schule geschmissen, ihrem Zuhause den Rücken gekehrt und war bei Jette eingezogen.

Es war eng, aber gemütlich. Und Jette war oft unterwegs, Karla hatte viel Freiraum.

Ihre Mutter schrieb ihr manchmal und bat sie, nach Hause zu kommen. Von Alexander hatte sie seit ihrem Weg-gang nichts mehr gehört.

Karla lief mit Musik auf den Ohren die KarLi runter. So nannten hier alle die belebte Karl-Liebknecht-Straße mit ihren vielen Cafés und Lädchen. Ihr ging das Wort noch nicht so leicht über die Lippen.

An das Sächsisch hatte sie sich allmählich gewöhnt, auch wenn sie nicht alles sofort verstand.

Die Südvorstadt war Karlas Lieblings-Stadtteil, schon allein wegen des schönen Clara-Zetkin-Parks, der bunten Graffiti und kleinen Geschäfte.

Karla liebte auch die vielen Restaurants und Shabby-Chic-Cafés, in denen Jette und sie manchmal frühstückten.

Auf einem riesigen Banner wurde der *Ladyfashion- & Hosen-scheißer-Flohmarkt* angekündigt. Karla schmunzelte über den lustigen Namen. Mehrere Plakate, die ein Festival im Juli ankündigten, klebten an einer riesigen Bretterwand. Bei näherem Hinsehen begriff Karla, dass es sich um das große Spendenfestival handelte, auf das ihre Großmutter und Jettes Mutter seit Monaten hinarbeiteten.

Ihre Oma Sima wollte unbedingt, dass Karla zum Festival kam. Aber Karla wusste nicht so richtig, ob sie Lust darauf hatte. Das Line-up klang für sie nicht sonderlich ansprechend.

Sie fand es toll, dass ihre Oma sich so einsetzte. Karla wollte den Iranerinnen auch gerne helfen, aber was konnte sie als Einzelperson schon bewirken? Vielleicht würde sie einfach etwas Geld spenden.

Plötzlich wurde Karlas rechtes Knie von einem stechenden Schmerz durchzogen. Sie stöhnte auf. Seit sie sich beim letzten Fußballtraining in Hamburg das Kreuzband gerissen hatte, machte das Knie immer wieder Probleme.

Bei den vielen Behandlungen, die auf die OP folgten, hatte sie sich intensiv mit einer Physiotherapeutin unterhalten. Karla war neugierig auf den Beruf geworden und wollte nun ein Praktikum in einer Praxis machen.

Eine Profikarriere als Fußballerin konnte sich Karla gar nicht mehr vorstellen. Es würde wahrscheinlich sowieso nicht klappen bei ihrem Verletzungspech. Außerdem wollte sie einen Beruf mit sicheren Zukunftsaussichten lernen.

Es fühlte sich mittlerweile richtig gut an, Entscheidungen zu treffen, Abstand zu haben. Ihre Oma Sima hatte geweint, als Karla ihr gesagt hatte, dass sie nicht mehr Profifußballerin werden wollte. „Kind, Fußball war doch immer dein Leben", hatte sie gejammert. Um kurz darauf einzuwerfen: „Dann gehen wir aber wenigstens mal gemeinsam mit Opa zu einem Spiel von RB Leipzig. Haben die eine Frauenmannschaft?" So gefiel ihr ihre Oma. Die konnte einfach immer nach vorne schauen und Pläne machen.

Karla rieb sich ihr Knie und versuchte so, die Muskulatur im Oberschenkel zu lockern. Auf einmal erinnerte sie sich an den Rasengeruch, der ihr im Sommer immer auf dem Trainingsgelände in die Nase gestiegen war.

Sie vermisste in diesem Moment ihre Mannschaftskolleginnen. Und sie vermisste Vincent. Aber da der sich nie meldete, hatte er sie wohl bereits vergessen.

Ihr Trainer hatte sie nur ungläubig angestarrt, als sie ihm mitgeteilt hatte, dass sie weggehen würde. Dann hatte er sich umgedreht und mit dem Training weitergemacht.

Am meisten enttäuscht war sie allerdings darüber, dass nicht einmal Elif Mitgefühl gezeigt hatte, als sie ihr von der schwierigen Lage zu Hause erzählt hatte. Außer Jette und ihrer Oma kapierte niemand, was es für Karla bedeutete, nun zu wissen, dass sie nicht mit ihrem biologischen Vater unter einem Dach gelebt hatte. Elif schrieb Karla nur selten eine Nachricht, und wenn sie es tat, dann lediglich oberflächlich.

In einer der Seitenstraßen befand sich in einem frisch sanierten Haus aus dem 19. Jahrhundert das Café Bestmann. Hier jobbte Karla seit ein paar Wochen. Jette hatte ihr die Stelle besorgt; sie hatte in ihrer Anfangszeit in Leipzig auch hier gearbeitet. Beim Friseur gegenüber wollte sich Karla einen neuen Schnitt verpassen lassen und sich dann noch ein Kleid kaufen. Von Alexander bekam sie zwar kein Geld mehr, aber ihre Mutter und auch ihre Oma überwiesen ihr regelmäßig etwas. So hatte sie zusammen mit ihrem Lohn und dem Trinkgeld ein kleines Polster ansparen können.

Humpelnd betrat Karla den Friseursalon. Sie musste eine Zeit lang warten und ein Auszubildender brachte ihr einen Espresso und ein Glas Leitungswasser.

Ein frischer Duft von Kokos und Vanille stieg ihr in die Nase.

Sie genoss das Haareschneiden und entschied sich spontan, ihre dunkelbraune Mähne, die sie von ihrer Mutter geerbt hatte, mit roten Strähnchen durchziehen zu lassen. Das Ergebnis gefiel Karla sehr.

Beschwingt betrat sie danach eine Boutique mit Secondhand-Kleidung.

Karla probierte verschiedene Kleider an und plauderte locker mit der jungen Verkäuferin, während sie sich vor dem großen Spiegel drehte. Schließlich entschied sie sich für ein luftiges Kleid mit Blumenmuster.

Mittlerweile war es halb fünf. Karla trödelte noch ein bisschen durch die Gegend. Wenn Jan zu Besuch war, bemühte sie sich, nicht so viel in der Wohnung zu sein. Sie wollte nicht stören.

In einem Café im Park gönnte sie sich einen großen Eisbecher. Während sie sich das fruchtige Eis auf der Zunge zergehen ließ, checkte sie ihre Nachrichten. Ihre Oma Sima hatte ihr geschrieben, dass sie sich auf morgen freute.

Und dann war da tatsächlich eine Mitteilung von Elif.

> Wann kommst du endlich mal wieder nach Hamburg? Möchte dich sehen.

Karlas Herz machte einen Hüpfer.

Gegen sieben öffnete Karla die Tür zu Jettes Wohnung. Stimmen drangen aus der Küche.

Karla wollte sich unbemerkt über den Flur schleichen, doch die knarzenden Dielen verrieten sie.

„Süße, bist du das?", rief Jette. „Komm doch rein!"

Ihr blieb nichts anderes übrig, als sich zu zeigen.

„Hallo Jan", begrüßte sie ihn kurz angebunden, während sie Jette umarmte.

Jan stand auf und gab Karla die Hand. „Moin, mien Deern. Wir haben gerade über dich gesprochen. Das ist ja klasse mit deiner Ausbildung. Ich hab vor meinem Studium auch eine gemacht. Schadet keinem." Er klopfte ihr auf die Schulter.

Karla gefiel es nicht, dass Jette ihren Berufswunsch ausgeplaudert hatte. Was gingen Jan ihre Pläne an?

„Geht das denn überhaupt ohne Abi?", wollte Jan noch wissen.

„Ja, in Berlin geht das", entgegnete Karla knapp.

„Hey, das sieht ja toll aus!" Jette stand auf und fuhr Karla durch das Haar. „Auch die Strähnchen stehen dir voll gut." Jette boxte ihren Freund in die Seite. „Sag doch auch mal was."

Jan begutachtete Karlas neue Frisur und reckte beide Daumen nach oben.

„Danke", sagte Karla. Jette und Jan fingen an, aneinander herumzufummeln und kicherten.

Karla wusste nicht so richtig, wo sie hingucken sollte. Sie fühlte sich wie das fünfte Rad am Wagen. Sie hätte sich so gerne noch mit Jette über die Vernissage unterhalten.

Stattdessen schlurfte sie zum Kühlschrank, um sich eine Flasche Saft zu holen.

„Okay, ich geh dann mal in mein Zimmer", kündigte sie ihren Rückzug an.

Karla war schon fast aus der Tür, als Jette rief: „Meine Mutter und meine Oma Hanne kommen morgen doch nicht!"

Karla drehte sich zu Jette. „Was? Warum das denn nicht?"

„Linda hat mir geschrieben, dass sie nur mit deiner Oma kommt, weil meine Mutter zu viel Arbeit hat. Und Oma Hanne geht es nicht gut."

„Na ja, sie trauert doch auch", zeigte Karla Verständnis für Hanne. Jan holte sich ein Bier, setzte sich wieder und zog Jette auf seinen Schoß.

„Ja, schon. Aber sie wollte unbedingt kommen. Und Opa Georg ist doch jetzt seit vier Wochen unter der Erde, da kann sie doch mal wieder unter Leute gehen." Jette schaute bekümmert zu Boden. „Vor allem wären meine Bilder ohne meine Oma so niemals entstanden."

„Das musst du akzeptieren. Vielleicht kommt sie ja an einem anderen Tag." Jan öffnete den Bügelverschluss der Bierflasche.

„Ja, ich hoffe es."

Karla wusste, dass Jette fest mit ihrer Oma Hanne gerechnet hatte. Schon seit Tagen hatte sie immer wieder erzählt, dass sie mit ihr früher Ausstellungen in Bremen, Wien und Paris besucht hatte. Jette war begeistert vom Kunstverstand und dem besonderen Geschmack ihrer Großmutter. Gemeinsam hatten sie stundenlang vor Werken von Paula Modersohn-Becker oder Frida Kahlo gestanden und darüber philosophiert.

„Und ich dachte immer, dass Linda diese Leidenschaft für die Kunst in dir geweckt hat", sagte Jan und trank von seinem Bier.

„Nee, das war definitiv Oma Hanne." Jette schaute gedankenverloren aus dem Fenster. „Linda hat mein Interesse auch gesehen und mein Talent gefördert, aber das war alles schon in mir drin. Oma hat mich nie belehrt, sondern ihre Begeisterung für Gemälde und Skulpturen ist halt einfach auf mich übergesprungen."

Jette lächelte in sich hinein.

„Schade, dass deine Mutter nun auch nicht kann." Karla seufzte. Ihre Gesichtshaut brannte. Sie hätte sich eincremen sollen.

Jette nickte. „Ja, sehr schade. Aber war ja eigentlich klar. Sie ist einfach so sprunghaft. Ich frage mich, warum sie überhaupt zugesagt hat."

„Vier Wochen vor so einem Riesending ist es natürlich logisch, dass Eva ziemlich eingespannt ist", meinte Jan und massierte seiner Freundin den Nacken.

„Ja, aber Jette ist ihr einziges Kind und da hätte sie doch mal für ein paar Stunden kommen können", widersprach Karla und lehnte sich an den Heizkörper. „So eine Vernissage hat man ja nun auch nicht alle Tage. Da wäre ich auch enttäuscht."

„Nützt ja nichts!" Jette klatschte in die Hände. „Die Erde wird sich weiterdrehen und die Veranstaltung findet auch ohne meine Mutter statt. Aber was viel wichtiger ist: Leute, ich hab Hunger."

Jan lachte und schob Jette von sich runter. „Gut, dann hole ich uns mal Döner. Für dich auch, Karla?"

Karla merkte auf einmal, dass ihr Magen sich ganz leer anfühlte. Sie nickte.

„Liebst du ihn?", fragte Karla unvermittelt, als Jan weg war. Sie stand mit Jette auf ihrem kleinen Balkon und hängte Handtücher auf einen Wäscheständer. Selbst in der Abenddämmerung war es immer noch sehr warm.

Jette zuckte mit den Schultern und drehte an ihrer Creole.

„Weiß ich nicht genau. Ist das denn wichtig? Auf jeden Fall mochte ich ihn schon immer und er tut mir gut. Seit Silvester kribbelt es auch, wenn ich an ihn denke." Sie nahm eine kleine Gießkanne in die Hand und wässerte mehrere Töpfe mit Kräutern, die auf einem kleinen Tisch in der Ecke standen. Gleichzeitig grüßte sie eine ältere Frau, die sich nebenan auf einer Liege ausgestreckt hatte.

„Warum fragst du?"

„Bin einfach neugierig." Karla rupfte ein Salbeiblatt vom Strauch und zerrieb es zwischen ihren Fingern. „Beziehungen sind irgendwie was Krasses. Ich kann das immer noch nicht ganz fassen, dass Mama und Alexander sich trennen."

Jette guckte Karla aufmerksam an. „Mich wundert das nicht. Für Yasmina ist es auf jeden Fall besser, die erstickt doch bei ihm." Sie stellte die Kanne wieder ab.

„Hm, so hab ich das zwar noch nie gesehen, aber vielleicht schwimmt sie sich wirklich ein wenig frei. Es gab in den Wochen nach Neujahr jedenfalls ständig Krach. Ben hat ganz oft geheult. Für ihn tut es mir am meisten leid." Karla schnupperte an einem Rosmarinzweig.

Jette nickte. „Ja, der steckt da zwischen den Stühlen und bekommt das Drama direkt mit."

„Ich bin jedenfalls happy, dass meine Omi Sima kommt. Ich hab sie so lange nicht gesehen. Auf die ist wenigstens Verlass", sagte Karla, um auf ein anderes Thema zu kommen.

„Allerdings." Jette setzte sich auf das Balkongeländer und stützte den Kopf in die Hände. „Du kannst so froh sein, sie zu haben."

Karla lächelte. „Hast du deine Tanten denn auch eingeladen?" Karla ließ ihren Blick über die Straßen und Häuserdächer streifen.

„Bea nicht. Mit der komme ich nicht klar. Sie hält auch nichts von meinen Sachen und ist ja auch immer nur busy. Genau wie mein Vater. Der würde auch nicht kommen, selbst wenn ich ihm 'ne Einladung mit Goldrand schicken würde."

Jette steckte sich ihre Sonnenbrille ins Haar. „Bea wollte unbedingt, dass ich ein Bild für ihre Organisation stifte. Aber wenn die mich so bedrängt mit ihrem Kram, dann mache ich das schon aus Prinzip nicht." Sie schnaubte.

„Oh weia, Bea scheint echt ein bisschen merkwürdig zu sein." Karla lachte auf. „Und Fritzi?"

„Die wollte eigentlich kommen, ist aber leider krank geworden."

„Echt? Puh, lauter Absagen." Karla seufzte.

„Ja, aus der Familie schon. Aber dafür kommen ganz viele Kommilitonen und auch Dozentinnen und Dozenten", sagte Jette freudestrahlend.

Karla holte sich ein Glas Buttermilch aus der Küche und kam zurück auf den Balkon.

„Du, ich muss dir noch was erzählen." Karla stellte ihr Glas ab und schaute Jette grinsend an. „Ich habe meinen Vater ausfindig gemacht."

„Im Ernst?" Jette schaute ruckartig von ihrem Handy hoch. „Das sind ja Neuigkeiten! Hast du schon mit ihm gesprochen?"

„Ja, Gernot lebt in Berlin. Wir wollen uns demnächst treffen. Und er findet das gut mit der Physiotherapie, weil er auch im Sportbereich arbeitet. Vielleicht kann ich die Ausbildung sogar da machen." Karla tänzelte ein bisschen umher und drehte sich um die eigene Achse.

„In Berlin?" Jette staunte, dass Karla schon sehr konkrete Pläne zu haben schien.

„Ja, wieso nicht?" Karla legte ihren Kopf schief.

„Genau, wieso eigentlich nicht? Hoffentlich verstehst du dich mit deinem Dad, Süße." Jette sprang auf ihre Füße und umarmte Karla stürmisch.

„Das sehen wir ja dann." Karla löste sich aus der Umarmung und schnappte nach Luft.

„Mein großes Mädchen." Jette nahm Karlas Hände und wollte sich mit ihr im Kreis drehen, merkte aber, dass es auf dem Balkon viel zu eng war.

Karla kicherte.

Jette hockte sich wieder auf das Geländer und ließ die Beine baumeln. „Dann werde ich dich aber voll vermissen."

„Ist ja nicht weit von hier nach Berlin." Karla nahm einen großen Schluck Buttermilch und leckte sich den Milchbart von der Oberlippe.

Mit Jan aßen sie in der Küche gemeinsam Döner und schauten durch die Balkontür in die glutrote Sonne, die langsam unterging. Die drei sprachen nicht viel, sondern ließen sich das saftige Fleisch mit Soße und Salat im Fladenbrot schmecken.

Jette bekam allerdings nicht viel runter. Immer wieder drehte sie nervös an ihrem Ohrring. Jan nahm ihren Rest.

Karla aß alles auf und war pappsatt. Sie musste rülpsen. Peinlich berührt hielt sie sich die Hand vor den Mund.

„Romantisch hier bei euch Damen." Jan lachte und öffnete sich noch ein Bier.

Jettes Handy klingelte. Sie ging hinaus, um zu telefonieren. „Immer busy, die Jette", meinte Jan.

Karla gähnte und stand auf. „Ich geh zu Bett. Schlaf gut."

Jette zog ihren Slip an.

„Was ist los, meine Schöne, wollen wir nicht noch ein bisschen kuscheln?" Jan streckte seinen Arm nach Jette aus.

„Sorry, ich bin heute nicht sehr entspannt, habe den Kopf nicht frei", erklärte sie. „Wahrscheinlich bin ich deshalb auch nicht gekommen." Jette zog sich ein Shirt und eine alte Jogginghose über. „Ich fahre nochmal kurz in die Galerie."

„Echt, jetzt noch?" Jan sah sie überrascht an.

„Ja, ich muss das noch mal auf mich wirken lassen. Das hat nichts mit dir zu tun, mach dir keine Gedanken." Sie fuhr sich durch ihr Haar, küsste ihn auf die Stirn und verließ das Zimmer.

In der Garage schnappte sie sich ihr knallgrünes Rennrad.

Jette radelte vorbei am Sportbad, an Häusern aus der Gründerzeit, Billard-Läden, Kitas und Bäckereien. Ein lauer Wind wehte.

Sie dachte über Karlas Frage nach. Doch, sie liebte Jan auf ihre ganz eigene Weise. Es fühlte sich vor allem sehr leicht an mit ihm und er war verlässlich und charmant. Seit es Silvester zwischen ihnen gefunkt hatte, besuchte er sie alle zwei Wochen für ein Wochenende in Leipzig. Jette war dieses Jahr nur zur Beerdigung ihres Großvaters in Hamburg gewesen. Das hatte ihr vorerst an Familienprogramm gereicht. Am Abend nach der Trauerfeier konnte sie endlich mal in Ruhe mit ihrer Mutter sprechen. Sie hatten sich angenähert und länger in den Armen gelegen. Jette hatte es genossen.

Radfahrer und eine Gruppe lachender Mädchen begegneten ihr. Für einen kurzen Moment wurde Jette ein bisschen wehmütig. Sie beneidete die Mädels um ihre Ausgelassenheit. So etwas hatte sie bisher kaum erlebt. Sie war eine Einzelgängerin.

Ja, sie hatte Jan. Und Karla war ihr schon lange ans Herz gewachsen. Aber sie hatte niemanden zum Herumblödeln und auch hier in Leipzig keine allerbeste Freundin, die mit ihr durch dick und dünn ging.

Nur ungern verlor Jette die Kontrolle, deshalb trank sie nur selten Alkohol. Viele ihrer Mitstudentinnen hingegen waren oft schon vom Vorglühen betrunken. Damit konnte sie nichts anfangen.

Manchmal dachte Jette, dass sie sich förmlich in die kreative Gestaltung geflüchtet hatte. Vielleicht aus Angst vor der Sucht? Zum Glück hatte ihr bisher niemand harte Drogen angeboten.

In der Galerie roch es nach Ölfarbe, Holz und Putzmittel. Jette sog die Düfte gierig ein.

Ihren Arbeitskittel mit den vielen Farbklecksen hatte sie demonstrativ auf einen Garderobenständer mitten im Raum gehängt.

Sie betrachtete ihre Bilder und Plastiken im fahlen Licht der Straßenlaterne. Plötzlich fuhr sie zusammen. Huschte da jemand durch den Raum? Doch es war nur der Schatten eines Baumes, der ins Zimmer fiel und sich bewegte.

Was war nur los mit ihr? Sie war eigentlich nicht besonders schreckhaft. Seit bekannt war, dass ihr übergriffiger Dozent Egon in New York bleiben würde, bewegte sie sich auch in der Hochschule viel entspannter. In den letzten Monaten hatten auch andere Studentinnen darüber berichtet, dass Egon sie beleidigt oder belästigt hatte.

Doch Jette hatte keine Zeit und keine Lust nachzutreten. Die Vorbereitung der Präsentation ihrer Exponate hatte sie zu sehr in Anspruch genommen, um sich weiter mit Egon und seinem Machtmissbrauch zu beschäftigen.

Jette war glücklich, dass sie im letzten Herbst den Kunst-wettbewerb an der Uni gewonnen hatte und das Preisgeld als Finanzspritze für ihre Ausstellung nutzen konnte. Dort hatte sie all ihre Energie hineingesteckt.

Schließlich schaltete sie die Spotlights an, die ihre Ausstellungsstücke anstrahlten. Sie musste blinzeln, so hell war es plötzlich im Raum.

Wie viel Aufwand doch in ihren Werken steckte! Tausende Stunden hatte sie an ihren Bildern und Skulpturen gearbeitet. Durfte sie stolz sein? Ein Gefühl, das ihr sehr fremd war.

Es kribbelte in ihrem Bauch. Freudige Erwartung mischte sich mit Ängsten. Was würde Linda sagen? Würde sie ihre Werke sehr kritisch begutachten?

Selbstvergessen strich Jette über einen Torso aus Kunstharz und Glasfaser, eine der wenigen Skulpturen in ihrer Ausstellung. Sie hatte sich in diese Figur verliebt. Der Torso zeigte eine pralle Weiblichkeit und war mit grellen Farben bemalt.

Wahrscheinlich würde sie es niemals übers Herz bringen, diese Arbeit zu verkaufen. Trotzdem war die Skulptur im Katalog aufgeführt. Mit einem Preis von 880 Euro.

Stunde um Stunde hatte Jette mit ihrer Dozentin am Katalog gearbeitet. Sie hatte sich zunächst nicht getraut, mehr als 250 Euro für ein Bild zu nehmen. Doch mehrere Fachleute an der Hochschule hatten sie dazu ermuntert, weitaus höhere Preise zu fordern.

„Stell bloß dein Licht nicht unter den Scheffel! Wer nicht bereit ist, mehrere hundert Euro für ein Bild auszugeben, kann sich ja gerne einen Kunstdruck bestellen", hatte ihre Dozentin ihr geraten.

Jette hatte gesehen, was einige ihrer männlichen Kollegen für ihre Bilder verlangten, und sah auch gar nicht mehr ein, warum sie ihre Werke für weniger Geld anbieten sollte.

Ihre Bilder waren mit der Zeit immer bunter und schriller geworden. Sie malte häufig mit Neonfarben. Manche der abgebildeten Gesichter wirkten wie Masken.

Jette rückte noch ein paar Blumenvasen zurecht und machte mit dem Handy ein paar Fotos für ihre Social-Media-Kanäle.

Eine Nachricht ploppte auf ihrem Display auf. Sie kam von ihrer Mutter.

Eva schrieb:

> Es tut mir so leid, mein Schatz. Morgen muss ich wirklich dringend nach Berlin, um im Stadion noch die letzten Dinge zu besprechen. Aber nächsten Samstag kann ich für ein paar Stunden kommen! Sag mir bitte, ob es dir passt und du mir deine Ausstellung zeigen kannst. Ich möchte dich dann auch zum Essen einladen.

Jette zögerte.

Wollte sie das? Wollte sie ihrer Mutter alles in Ruhe zeigen? Ohne die anderen?

Ja, sie wollte. So antwortete sie:

> Das klingt gut. Sag mir einfach, wann du
> ankommst. Ich nehme mir die Zeit.

Ein Wechselbad der Gefühle tobte in Jette.

Einerseits hätte sie Rotz und Wasser heulen können vor Glück über die Vorstellung, dass sich ihre Mutter für sie und ihre Arbeit zu interessieren schien, andererseits nagte in ihr der Zweifel, wie ernst es ihrer Mutter mit ihrer Ankündigung war.

10 | *Sima und Bea*

Schon seit einer Stunde betreute Bea den Infostand am Rathausmarkt. Heute war wieder eine Demo der Initiative „Women Life Freedom" angesetzt und vorher wollten sie mit ein paar Leuten noch Flyer verteilen.

Es war erst zwölf Uhr und schon sehr heiß. Zum Glück spendete ihr ein Sonnenschirm Schatten.

Die Frauen, die im Iran trotz Todesdrohungen für ihre Rechte und ihre Freiheit auf die Straße gingen, hatten Beas volle Bewunderung und Solidarität.

Sie beobachtete ihre Mitstreiterinnen, die auf die Passanten zugingen und ihnen Broschüren in die Hand drückten, sie auch mal in ein Gespräch verwickelten. Viele aus der Initiative stammten aus dem Iran, aber auch Frauen und Männer aus Syrien, Afghanistan und der Türkei waren dabei. Ebenso eine Menge Hamburgerinnen und Hamburger, die sich genau wie Bea engagierten.

Bea hielt sich an diesem Tag lieber am Stand auf, sie mochte bei der Hitze nicht auf die Menschen zugehen. Sie schaute hoch zum Turm des schönen, ehrwürdigen Hamburger Rathauses. Ab und zu war sie noch frustriert, weil sie vor ein paar Jahren nicht in die Bürgerschaft gewählt worden war. Aber ihr politisches Engagement hatte sie nie ruhen lassen.

Bea krempelte die Ärmel ihres Hemdblusenkleides hoch und setzte sich eine Sonnenbrille auf. Sie checkte den

Wetterbericht auf ihrem Handy. Es sollte noch ein Gewitter geben.

Ein schlechtes Gewissen beschlich Bea, weil sie keine Zeit hatte, Fritzi im Krankenhaus zu besuchen. Sie hätte gerne ihre Mutter begleitet, die am frühen Nachmittag ins UKE fahren und auch zu Fritzi gehen wollte. Zum Glück hatte Mark sich angeboten, heute mit Lasse und Noah angeln zu gehen.

„Kümmert euch lieber mal um die Rentner hierzulande!", brüllte ein Mann in ihrem Alter Bea an. „Die Araber brauchen unsere Hilfe nicht. Wir können auch nichts dafür, dass die ihre Frauen schlagen!"

Er ging weiter. Bea war erleichtert, dass der Typ sie nicht in eine Diskussion verwickelte, sondern anscheinend nur ungefiltert seinen rassistischen Kommentar abgeben wollte. Manchmal wusste sie wirklich nicht, was sie auf all den Frust, der ihr bei solchen Aktionen entgegenschlug, antworten sollte. Dieser Hass schnürte ihr förmlich die Kehle zu. Waren solche Menschen schon für demokratische Prozesse und Meinungsfreiheit verloren? Trotz der Hitze fröstelte sie leicht.

„Das ist nicht mehr mein Deutschland", bemerkte eine Frau, die am Tisch stand. Sie schmiss die Broschüre, die sie durchgeblättert hatte, wieder auf den Stapel. Dann wander doch aus, dachte Bea, sagte aber lieber nichts.

Sie wünschte sich Sima herbei, die heute ganz gegen ihre Gewohnheit nicht pünktlich zum Stand gekommen war Bea sortierte die Flyer und fragte sich, wer ihr wohl gleich helfen würde, den Infostand abzubauen. Doch sie musste nicht lange warten, da fegte Sima schon um die Ecke. Herzlich küsste sie Bea auf beide Wangen. „Entschuldige bitte, meine Liebe. Ich wollte noch Maryam abholen, aber ihr Mann wollte sie nicht gehen lassen. Er findet es zu gefährlich." Sima keuchte.

„Gefährlich?" Bea lachte gekünstelt. „Wer soll uns denn hier was tun? Im Iran wäre es mehr als gefährlich, aber hier in Hamburg?"

„Für dich ist es nicht bedrohlich, Bea, aber wir Iranerinnen gehen schon ein Risiko ein. Hamid ist oft in Sorge um mich. Es laufen ja auch Spitzel herum!", sagte Sima mit Nachdruck. „Bei Maryams Familie in Berlin wurde nach der Großdemo im letzten Jahr eingebrochen." Vor Aufregung zitterte ihre Unterlippe ein wenig.

„Das mit den Informanten weiß ich doch und es ist auch schrecklich. Aber ich passe auf dich auf. Außerdem wurde diese Kundgebung sehr kurzfristig angesetzt, da wird schon nichts passieren", sagte Bea und nahm Sima in den Arm.

Sima legte sich ihre Hand auf die Brust und schüttelte langsam den Kopf. „Es fällt mir wirklich schwer, mich zu beruhigen. So vielen von uns wird Schreckliches angetan. Meral ist noch immer im Gefängnis. Und die deutsche Außenministerin tut nichts!"

Bea nahm sich einen Flyer und fächerte sich Luft zu. „Na ja, sie tut schon etwas, aber nicht genug, stimmt's?"

„Es gibt immer noch Transaktionen von deutscher Seite mit den Mullahs. Im Sicherheitsrat müsste mal jemand auf den Tisch hauen und auch die Rolle Teherans in Bezug auf Israel deutlich machen."

„Ja, du hast natürlich recht. Vielleicht schreibe ich mal an das Ministerium", meinte Bea.

„Vielleicht? Bitte, Bea, mach das auf JEDEN Fall! Du bist doch so gut vernetzt und kennst die Gesetze! Sie sollen uns einen Termin geben!", flehte Sima ihre Freundin an. Sie wischte sich Schweiß aus dem Gesicht und kratzte sich am Arm.

Kurz darauf entdeckte Sima eine Bekannte und ging zu ihr. Sie sprachen Farsi miteinander und gestikulierten wild.

Wenig später kam Sima wieder zu Bea. „Das war eine ehemalige Kollegin. Ihre Nichte wurde vorgestern in Maschhad verhaftet. Es ist so grausam", klagte sie. Sie zog ihr Handy aus ihrer Tasche und hielt es Bea hin. Ein Video war zu sehen, das eine verzweifelte Mutter zeigte, die zum Gefängnis rannte und die Wächter anbrüllte, dass sie gefälligst ihre Tochter freilassen sollten. „Sie hat nur auf der Straße getanzt." Sima starrte mit leerem Blick auf das Display. Ihre Augen wurden feucht.

Bea brachte nur ein kurzes „Ja" heraus und strich Sima über den Arm. Was sollte sie auch sagen? Ihr fiel nichts Gescheites zum Trost ein.

Auf einmal stand Hamid vor ihnen. Er klatschte in die Hände. „Los, die Damen, der Zug ist schon fast an der Laeiszhalle. Ihr wolltet doch mitlaufen!", teilte er Sima und Bea freudestrahlend mit.

Sima war baff. „Was machst du denn hier?" Sie fiel ihm stürmisch um den Hals.

„Ich muss doch endlich mal gucken, was ihr so treibt." Er grinste verschmitzt und zwinkerte Bea zu.

Sima guckte neugierig zwischen Bea und Hamid hin und her.

„Ja, ich habe ihm gut zugeredet. Er sollte mal sehen, was du so leistest", gestand Bea und legte ihren Arm um Sima. „Gut, dann lass uns mal zusammenpacken!"

Bea gab ihren Mitstreiterinnen ein Zeichen, dass sie aufbrechen wollten. Sima und Hamid kramten Kartons unter dem Tisch hervor und packten die Flyer ein.

„Moin, nun ist die Familie ja fast komplett!", flötete Yasmina, die mit Ben an der Hand angelaufen kam. Sie herzte ihre Eltern.

„Fehlt nur noch unsere Karla", stellte Sima fest, nachdem sie ihre Tochter und ihren Enkel begrüßt hatte.

„Ich weiß gar nicht, wie es ihr geht", sagte Yasmina und setzte ein Pappplakat mit Stock auf den Boden.

„Ich aber", meinte Sima und es klang beinahe triumphierend. „Sie ist in Leipzig ziemlich glücklich und hat mir gerade geschrieben, dass sie jetzt mit Jette die Vernissage vorbereitet. Und ich fahre morgen mit Linda hin." Sie legte Yasmina ihre Hand auf die Schulter. „Cooles Plakat übrigens!" Sima zeigte auf Yasminas Schild mit dem Spruch *Wenn Frauen nicht frei sind, dann ist niemand frei.*

Dass Sima so fröhlich über ihre Fahrt zur Vernissage plauderte, versetzte Bea einen Stich. Auch ihre Mutter und Eva redeten ständig über die Ausstellung, sogar Fritzi war eingeladen. Bea hatte Schwierigkeiten mit Jettes ablehnendem Verhalten ihr gegenüber. Manchmal fand sie ihre Nichte regelrecht arrogant.

„Wollen wir los?", riss Sima sie aus ihrer Grübelei. „Die

anderen sind an der Laeiszhalle und laufen von dort Richtung Reeperbahn. Dunja will uns noch Plakate und Fahnen geben."

„Gut, dann packen wir die Sachen in mein Auto und fahren zum Holstenwall. Da werden wir ja wohl irgendwo parken können", schlug Bea vor.

„Wir passen nicht alle in ein Auto. In meinem Auto ist auch noch Platz." Sima klimperte mit einem Schlüsselbund.

„Wie?" Bea guckte ihre Freundin verdutzt an.

„Ja!", rief Sima freudestrahlend. „Ich habe zwei Jahre auf den Führerschein gespart und ihn heimlich Anfang des Jahres gemacht." Prahlerisch ließ sie ihre Oberarmmuskeln spielen.

„Im Ernst?" Bea schaute sie erstaunt an.

„Ja", bestätigte Hamid. „Mir hat sie es auch erst letzten Monat gebeichtet." Er grinste.

„Mensch, Sima! Das ist ja wunderbar!", jubelte Bea.

„Finde ich auch. Und Hamid hat nun auch einen kleinen Gebrauchtwagen für mich gefunden." Sima zwinkerte ihrem Mann zu.

Sie klappten den Gartentisch und den Sonnenschirm zusammen. Die Kartons verteilte Bea auf mehrere Leute. Gemeinsam schleppten sie alles zu Beas SUV.

Als sie mit dem Demonstrationszug fast am Spielbudenplatz angekommen waren, zeigte Sima auf ein Bauzaunbanner.

„Guck mal, endlich ist überall in der Stadt Werbung für das Festival zu sehen. Linda meinte, dass Eva Schwierigkeiten mit den PR-Leuten hatte."

Bea schaute sich das Banner näher an. Es zeigte Skizzen von Frauen mit wehenden Haaren in den Farben der iranischen Flagge und ein großes Mikrofon. Außerdem waren alle wichtigen Daten für das Festival abgebildet. „Wirklich gelungen." Bea nickte anerkennend. „Ja, das mit der PR-Firma hab ich auch gehört. Eva hat das echt Nerven gekostet. Aber vier Wochen vorher sollte reichen. Wir verteilen auch noch Flyer und posten es überall. Ist doch sowieso fast ausverkauft, oder?"

Sima nickte. „Soweit ich weiß, ja."

„Mein Boss hat sich übrigens auch eine Karte besorgt. Hab ihn auch lange genug vollgequatscht. Der kann auch gerne mal was für Bedürftige tun", sagte Bea.

Sima legte den Kopf schief. „Also, bedürftig sind die Frauen im Iran ja nun nicht unbedingt. Sie sind freiheitsliebend und werden bedroht."

Bea atmete durch. „Okay, dann sind es halt bedrohte Frauen, die für ihren Kampf finanzielle Hilfe gebrauchen können. Zufrieden?"

„Ja, klingt deutlich besser." Sima fuhr sich durch ihr Haar. Manchmal drückte sich Bea wirklich schräg aus.

Sima überschlug die Personenzahl. „Nicht mal fünfhundert", bemerkte sie enttäuscht.

Hamid strich seiner Frau über den Arm. „Mach dir nichts draus, Liebes. Immerhin nehmen die Leute hier sich alle Zeit und meinen es ernst. Sie erzählen dann davon in ihrem Freundeskreis oder bei der Arbeit. Es kommt nicht immer auf Quantität an."

„Na, hoffentlich." Sima zuckte mit den Schultern.

„Bea, huhu!", drang es an Beas Ohr. Sie schaute sich um und entdeckte Caroline aus ihrer Lady Company, die sich durch die Menschenmenge schraubte. Caroline baute sich vor Bea auf. „Du, ich habe gehört, dass alle Bands die volle Gage bekommen. Das ist ja wohl nicht im Sinne des Erfinders! Bei einer Benefizveranstaltung sollten doch auch die Musiker bereit sein, für einen guten Zweck etwas zu spenden. Das ist doch sonst Heuchelei, findest du nicht?"

Bea rollte mit den Augen und erklärte ihrer Bekannten, dass die meisten Musiker auf einen Großteil ihrer üblichen Gage verzichteten. Sie betrachtete Caroline eingehend, die bewaffnet mit zwei großen Einkaufstaschen in grellen Farben vor ihr stand.

„Bist du mitgelaufen im Demonstrationszug?", fragte Bea dann.

„Nein, ich war zum Brunch in Nienstedten mit Anne-Kathrin und Ingeborg. Wollte nur mal gucken, was hier so läuft und hatte gehofft, dich zu treffen." Caroline kicherte. „Uuups, hab zu viel Prosecco geschlürft ... Übrigens, noch was, Anne und ich finden, dass 130 Euro für eine Karte ja wohl viel zu viel sind. Schwierig, das den Menschen zu erklären."

Bea wollte gerade ansetzen, um den Preis zu rechtfertigen. Schließlich wurden mehr als sieben Stunden Programm geboten, es kamen bekannte Bands und Tänzerinnen, die Crew, die Werbung und der Strom mussten finanziert werden und es sollte natürlich auch was überbleiben. Doch Caroline drehte sich grußlos um und stöckelte davon.

„Unglaublich!" Bea blieb mit offenem Mund zurück. Wie konnte man nur so oberflächlich und ichbezogen sein? Caroline war nun wirklich mehr als wohlhabend und lebte gut von dem Geld, das sie geerbt hatte. Trotzdem verglich sie ständig Preise, kaufte bei Discountern und erkannte in Kunst und Kultur keinen Wert.

„Du bist sprachlos ... Das kommt nicht oft vor", staunte Sima.

„Hast du das gerade mitbekommen? In was für einer Welt lebt diese Frau?" Bea rümpfte die Nase.

„Mach dir nichts draus, wer so denkt, kann uns doch gestohlen bleiben."

„Stimmt allerdings." Bea zog ihr Haargummi heraus und erneuerte ihren Pferdeschwanz. „Der absolute Hammer ist ja, dass ich ihr die Karte geschenkt habe." Sie spitzte die Lippen. Sima schüttelte lachend den Kopf.

Bea bestieg die Bühne. Die Sonne blendete, sie war froh, dass sie an ihre Sonnenbrille gedacht hatte. Nachdem sie alle Anwesenden begrüßt hatte, machte sie auf die Dringlichkeit der Unterstützung für die Freiheitskämpferinnen aufmerksam. Bea warb auch nochmal für das Festival in Berlin. Außerdem verlas sie ein Grußwort des Hamburger Bürgermeisters. Es enttäuschte sie, dass er nicht persönlich erschienen war.

Ihr Kleid hatte Schweißflecken unter den Achseln und ihr Deo tat seinen Dienst nicht mehr. Es war Bea unangenehm, aber sie lächelte in die Kameras der anwesenden Reporterinnen.

Lauthals wurde mehrmals „Jin, Jyan, Azadî" skandiert. Bea brüllte mit und ging dann wieder zu Sima und Hamid.

„Wir sind die Stimmen in Deutschland für die Iranerinnen!", sprach nun eine große Frau mit einem pfiffigen Kurzhaarschnitt laut ins Mikrofon. In ihrer Rede ging es um Verhaftungen, um Mut und Vernetzung. Auch sie prangerte die deutsche Politik an. „Wenn der Westen nicht mehr hinschaut, wird gemordet!", machte sie deutlich.

Nach dem Vortrag, der mit starkem Applaus gewürdigt wurde, sang eine junge Musikerin auf Deutsch ein Chanson aus Persien. Sima kannte die Sängerin mit der vollen Stimme persönlich. Sie trat auch öfter mit einem international besetzten Quintett auf und hatte ein breites Repertoire im Gepäck. Eva hatte es geschafft, das Quintett für das Festival in Berlin zu gewinnen.

So recht konnte Sima sich nicht auf die Musik konzentrieren. Immer wieder musste sie voller Verzweiflung an die Frauen denken, die in Haft waren. Oder an die Angehörigen, die Menschen durch die Todesstrafe verloren hatten.

Auch Bea rasten verschiedenste Gedanken durch den Kopf. Natürlich hatte auch sie sich in ihrer Wohlstandsblase eingerichtet. Doch so abgehoben und egoistisch wie Caroline wollte sie nie werden. Es war für Bea selbstverständlich, in Vollzeit zu arbeiten, sich nicht auf Marks Einkünfte zu verlassen. Sie fühlte sich ihrem Partner vollkommen gleichberechtigt. Vielleicht wäre das anders gewesen, wenn sie Kinder bekommen hätten.

Bea beobachtete Sima und Hamid. Sie lachten miteinander und küssten sich. Immer wieder plagten Bea Zweifel, ob Mark ganz loyal war. Manchmal war er wochenlang weg und er flirtete gern.

Wie war sein Frauenbild wirklich? Er behauptete zwar öfter, ein Feminist zu sein, aber über seine Schwester redete er meist abfällig und sagte Sachen wie „Die könnte wirklich mehr aus ihrem Typ machen" oder „Tatjana sollte bei den Kindern bleiben, bis sie aus dem Gröbsten raus sind. Theo verdient doch genug". Doch Bea verbat sich ihr Misstrauen.

Leider musste Mark am Tag des Festivals auf Geschäftsreise. Er bedauerte das sehr, aber die Konferenz in Nairobi konnte angeblich nicht auf ihn verzichten.

Sima kam mit zwei Bechern auf Bea zu und reichte ihr eine Saftschorle. „Yasmina und ich wollen gleich noch mit zu Dunja. Hamid geht mit Ben zum Hafen, Schiffe gucken. Was ist mit dir?" Bea leerte den Becher in einem Zug und schüttelte den Kopf. „Ich wäre gerne mitgekommen, aber ich will noch zu meiner Mutter. Wir müssen dringend ein paar Sachen besprechen."

Sima und Yasmina saßen mit Dunja, Petra und Sharina in Dunjas Wohnzimmer. Draußen grummelte es und der angekündigte Regen schlug an die Fensterscheiben. Simas Hüfte schmerzte mal wieder. Sie war noch wetterfühliger geworden. Außerdem musste sie in ihrem derzeitigen Job in einer Kantine auf dem Großmarkt sehr viel stehen und schwer heben. Das war schlecht für ihre Gelenke.

„Sima, dass du ständig mit dieser Bea zusammen hockst ... Ich versteh das nicht. Die kommt so überheblich rüber."

Dunja schenkte Eistee in Gläser.

„Ich hocke nicht ständig mit dieser Bea zusammen", erwiderte Sima. „Aber sie ist eine wichtige Person in meinem Leben. Bea ist ein guter und hilfsbereiter Mensch. Immer dieses Lästern." Die senkrechte Falte auf Simas Stirn trat stärker hervor. Sie ließ ihr ansonsten sehr sanftes Gesicht ein wenig streng wirken.

„Ich würde sagen, sie ist sich selbst am nächsten. Und dauernd erzählt sie von irgendwelchen Kreuzfahrten und Cocktailpartys. Das ist nicht zum Aushalten. Neulich hat sie mir wieder von ihrem letzten Aufenthalt in Dubai vorgeschwärmt. Mich interessiert das so gar nicht." Petra klang sehr verächtlich. Sie packte sich einen Lolli aus und steckte ihn in den Mund.

„Ja, ich gebe Dunja und Petra recht", sagte Sharina. „Bea gibt immer so an und hat wenig Einfühlungsvermögen. Sie hat mich neulich allen Ernstes gefragt, ob ich öfter Ferien in meiner Heimat mache!" Sharina fasste sich an die Stirn. „Ich meine, Sima, hat die überhaupt die entfernteste Ahnung von unserer Heimat und von dem, was da abgeht?"

Sima hatte das Bedürfnis, Bea zu verteidigen. Sie waren Freundinnen, vertrauten sich gegenseitig viel an. Bea wusste über Karla und Alexander Bescheid, sie kannte die Schwierigkeiten, die Sima mit Hamids Unverbindlichkeit hatte, sie kümmerte sich, wenn Sima mal wieder an der deutschen Bürokratie verzweifelte.

Genauso hatte Bea Sima von Evas und Lindas Beziehung erzählt, von Evas Sucht und den Geldproblemen ihrer Mutter.

Die anderen hatten natürlich recht, Bea war reich und lebte in einer anderen Welt. Anfangs war Sima auch skeptisch gewesen. Bea hatte ihr von ihrer Lady Company berichtet, dass sie Ausflüge mit krebskranken Kindern machen würden, Basare für Obdachlose organisierten und jedes Jahr zu Weihnachten Päckchen für Familien in Osteuropa packten. Sima sah das eher nach oberflächlicher Charity und Reinwaschen des Gewissens aus.

Doch Bea war ganz anders als Frauen wie Caroline. Sie war neugierig, intelligent, machte sich auch mal die Finger schmutzig und legte sich durchaus mit Leuten an, die sich rassistisch äußerten oder Frauen diskriminierten.

Sima war sich sicher, dass sie von ihren Reisen oder irgendwelchen Partys erzählte, weil sie es gar nicht anders kannte und weil es sie auch begeisterte. Es war bestimmt nicht böse gemeint. Allerdings störte es Sima auch, dass Bea so selbstverständlich davon ausging, dass Reisen zum Leben dazugehörte. Hamid und sie waren bisher nur zweimal mit den Kindern für je drei Tage in Holland gewesen und hatten ansonsten lediglich Verwandtschaftsbesuche gemacht. Heimlich sehnte sich Sima nach einem längeren Urlaub am Meer.

Sima ärgerte sich über die Hetze gegen ihre Freundin. Bea hatte Sima von Anfang an ernst genommen und immer zu ihr gehalten.

War Dunja etwa neidisch? Doch warum sollte sie das sein? Sie hatte eine tolle Wohnung und war mit einem Arzt verheiratet, der sehr freundlich wirkte und sich auch oft um die Kinder kümmerte. Musste sie hier ihr Gift verspritzen?

Und Petra und Sharina gingen doch sonst auch nicht so hart mit anderen ins Gericht.

„Leute, es nützt gar nichts, auf Bea herumzuhacken. Sie unterstützt uns, wo sie nur kann. Fertig, aus! Was sie in ihrer restlichen Zeit tut oder lässt, kann euch doch vollkommen egal sein."

„Na, du musst es ja wissen", sagte Dunja schnippisch. Petra und Sharina zuckten nur mit den Schultern.

Yasmina stand auf und ging ins Bad. Die ganze Zeit hatte sie kein einziges Wort gesagt. Sie kam mit einer Schere wieder. „Leute, wer nimmt es auf?", fragte sie strahlend. Dunja meldete sich. Alle schienen eingeweiht. Sima wusste nicht, was los war, sie fühlte sich ausgeschlossen.

Dunja zückte ihr Handy aus ihrer Hosentasche und brachte sich in Position. Yasmina hockte sich auf einen Kaffeehausstuhl, legte ein Handtuch um ihren Hals und fing an, mit der Schere etwas von ihrem dichten, dunkelbraunen Haar abzuschneiden.

Erschrocken hielt sich Sima ihre Hand vor den Mund und starrte ihre Tochter an.

Ihr fiel ein, dass Prominente das im Winter auch gemacht hatten, um ein Zeichen der Solidarität für die mutigen Freiheitskämpferinnen zu setzen.

„Kind, glaubst du wirklich, dass du das nicht bereust und dass das der Sache dient?" Sima sprang auf.

„Mama, sei jetzt bitte mal ruhig und bleib sitzen!", wies Yasmina ihre Mutter zurecht. „Wir wollen das filmen. Es soll auf alle Kanäle und wir wollen es auch meinen Cousinen schicken. Die kennen ganz viele Influencerinnen, die es verbreiten können. Wir dürfen nicht nachlassen."

Sima setzte sich wieder hin und atmete durch.

„Ich glaube, es ist besser, wenn wir Licht machen. Draußen ist es so dunkel geworden", sagte Dunja und schaltete die Deckenlampe an. Dann hockte sie sich wieder vor Yasmina und nahm auf, wie sie sich von immer mehr Haarbüscheln trennte.

Als die Prozedur beendet war, fasste sich Yasmina vorsichtig an ihren Kopf. Ihre restlichen Haare standen in alle Richtungen ab. Sie lachte laut los und verstrubbelte ihre ohnehin schon wilde Frisur.

Die abgeschnittenen Locken lagen in einem großen Haufen auf dem Teppich.

Die anderen Frauen applaudierten. Sima war fassungslos. Das hätte sie Yasmina nicht zugetraut. Allerdings war ihr schon aufgefallen, dass sie seit der Trennung von Alexander wesentlich abenteuerlustiger war und viel offener auf Menschen zuging. Sima beschloss, die Aktion nicht weiter zu kommentieren, auch wenn es ihr um Yasminas wunderschöne Haarpracht wirklich leid tat.

„Leute, ich muss los!", sagte Sima nach einem Blick auf ihre Uhr. „Ich muss Abendessen machen und dann bald ins Bett. Der Zug nach Leipzig geht um sieben."

„Das ist ja in aller Herrgottsfrühe!", meinte Dunja.

„Ja, oder wie die Deutschen sagen: eine unchristliche Zeit", erwiderte Sima und lächelte schelmisch.

„Wer solche Ausdrücke kennt, ist wahrhaftig integriert", sagte Yasmina zwinkernd und reckte ihren Daumen nach oben. Sie stand auf und zog ihre Mutter zu sich hoch. „Komm, ich begleite dich noch zur Tür."

Sima verabschiedete sich von den anderen und ging mit Yasmina auf den Flur. Wieder musterte sie ihre Tochter. Der Schock war einem Staunen gewichen. Im Grunde ihres Herzens war sie froh, dass Yasmina zunehmend politisch dachte und sich positionierte. Es machte ihr Hoffnung.

„Sag mal, willst du nicht mit Linda und mir nach Leipzig kommen?", fragte Sima, als sie an der Tür standen.

Yasmina trat von einem Fuß auf den anderen. „Lust hätte ich schon, aber ich ... Ich hab gar keine Einladung bekommen. Es ist auch okay, ich hab fast gar keinen Kontakt mehr mit Jette. Und Karla ist sicher auch froh, wenn ich nicht auftauche", erklärte Yasmina ein wenig betrübt.

„Alles schwierig", sagte Sima.

Sie verabschiedeten sich voneinander. Ungläubig strich Sima Yasmina durch das kurze, dichte Haar. Ihr tat es sehr leid, dass das Verhältnis zwischen ihrer Tochter und ihrer Enkelin sich offenbar noch nicht von dem Knacks erholt hatte.

Doch ihr würde sicher etwas einfallen, um die beiden einander wieder näherzubringen.

11 | *Fritzi und Hanne*

Mit wackeligen Beinen ging Fritzi den Gang entlang. Ihr Kreislauf war noch nicht wieder stabil. Es roch nach angebranntem Pudding und Desinfektionsmittel. Fritzi rümpfte die Nase.

Eigentlich hätte sie ein paar Stunden nach dem Eingriff wieder nach Hause gekonnt, aber die behandelnde Ärztin hatte ihr geraten, eine Nacht und einen Tag zur Beobachtung im Klinikum zu bleiben. Nun musste sie noch auf die Visite warten.

Vor zwei Monaten hatte Fritzi einen positiven Schwangerschaftstest in der Hand gehalten. Nach zwei weiteren Tests glaubte sie dann auch den Ergebnissen.

Das hatte sie für ein paar Tage komplett aus der Bahn geworfen. Auf dem Nachhauseweg von ihrer Frauenärztin war ihr schlagartig übel geworden. Zu Hause hatte Fritzi ihre Söhne umarmt und eine Magen-Darm-Grippe vorgegeben. Den Bürojob hatte sie noch weitergemacht, aber den Putzstellen vorerst abgesagt.

Robert hatte sie die Botschaft per Handynachricht mitgeteilt. Es kam nur ein „Oh, willst du es behalten?" zurück. Darauf hatte Fritzi nicht geantwortet und ihn blockiert.

Sie war sich sicher, dass er der Vater des Kindes war. Es gab schon seit längerem keinen anderen Liebhaber in ihrem Leben.

Fritzi hatte für die Verhütung gesorgt, akribisch die Pille genommen. Trotzdem war es passiert.

Und dann war auch noch ihr Vater gestorben.

Auf der Beerdigung hatte Fritzi die ganze Zeit das Gefühl gehabt, dass ihre Verwandten sie mit ihren Blicken durchleuchteten. Am Grab konnte sie sich kaum auf den Beinen halten. Die Reden in der Kapelle und auf dem Friedhof waren für Fritzis Geschmack viel zu salbungsvoll ausgefallen.

Beim anschließenden Kaffeetrinken in einem Hotel an der Alster musste sie sich auf der Toilette übergeben.

Jette hatte viel Feingefühl gezeigt und sich um Lasse und Noah gekümmert. Auch Eva war freundlich und zugewandt gewesen und hatte Fritzi und ihre Söhne nach Hause begleitet.

Als sie es nicht mehr ausgehalten hatte, hatte Fritzi einer Freundin von der Schwangerschaft erzählt. Die hatte ihr zu einem Gespräch bei einer Beratungsstelle für Frauen in Not geraten. Fritzi wurde spätestens bei diesem Termin klar, dass sie kein drittes Kind wollte. Vor allem nicht ein weiteres, das ohne Vater aufwuchs. Sie entschied sich für einen Abbruch.

Gestern früh war es dann so weit gewesen. Ihr wurde gesagt, dass es kein Problem sei, den Eingriff ambulant vorzunehmen. Mark und Bea hatten die Kinder genommen. Stotternd hatte Fritzi ihrer Schwester etwas von einer Zyste in der Gebärmutter erzählt.

„Ich bin mir ziemlich sicher, dass du schwanger bist. Wie soll ich dir denn helfen, wenn du immer so unehrlich bist?", hatte Bea ihr auf den Kopf zugesagt.

Fritzi hatte nur müde mit den Schultern gezuckt und zaghaft genickt.

„Ich muss wohl akzeptieren, dass du nicht offen mit mir redest. Aber denk dran, dass du zwei Kinder hast. Ständig heimliche Affären, das packst du nicht."

„Herzlichen Dank für deine wunderbare Lebensberatung. Kümmere dich bitte um deine eigenen Angelegenheiten", hatte Fritzi zurückgegeben.

Fritzi hing noch ihren Gedanken nach, als sie am Stationstresen stoppte.

Sie konnte kaum glauben, wen sie dort sah.

„Mama?", rief sie.

„Kind, bist du das?" Hanne guckte sich suchend um.

„Ja, hier bin ich, Fritzi."

Fritzi wusste von ihren Schwestern, dass das räumliche Sehen ihrer Mutter immer schlechter wurde.

„Was machst du denn hier?" Fritzi drückte ihre Mutter kurz. Hanne duftete nach einer unangenehmen Mischung aus schwerem Parfüm und Schweiß.

„Ich wollte mich beim Klinikpersonal bedanken. Sie haben so gut für euren Vater gesorgt und da habe ich ihnen einen Kuchen gebracht", antwortete Hanne. „Und jetzt wollte ich zu dir. Bea hat mir gesagt, dass du hier bist." Sie stützte sich auf einen Rollstuhl, der im Gang stand.

Fritzi schaute zu Boden.

„Gab es Komplikationen wegen der Zyste?", wollte Hanne wissen.

„Zyste? Du kannst gerne zugeben, dass Bea es dir erzählt hat." Fritzi stöhnte.

Verwirrt schaute Hanne ihre Tochter an. „Was soll Bea mir erzählt haben? Zu mir hat sie gesagt, dass du ein Geschwür in der Gebärmutter hast."

„Nein, ich hab ... ich war ... ich hab es wegmachen lassen." Fritzi schwitzte stark.

Hanne schaute sie mit großen Augen an. „Wie, was wegmachen lassen? Ein Baby? Hattest du etwa eine Abtreibung?" Sie ließ sich in den Rollstuhl fallen.

„Ja." Fritzi stand hilflos neben dem Rollstuhl und wischte sich mit dem Arm den Schweiß von der Stirn. „Sag bloß, Bea hat ausnahmsweise nicht alles ausgeplaudert." Sie atmete hörbar aus.

„Scheint so", sagte Hanne stockend. „Aber wer ... wer ist denn der Vater?"

„Ähm, lass uns mal woanders hingehen. Das ist nichts, was ich hier mitten im Gang besprechen will", flüsterte Fritzi. „Da draußen ist doch ein nettes Café. Das hat nicht so den typischen Krankenhauscharme." Sie zeigte zum Ausgang.

„Ja, das kenne ich." Hanne erhob sich langsam.

Arm in Arm gingen sie nach draußen.

Auf der Terrasse des Cafés suchten sie sich einen Tisch im Schatten. Fritzi holte zwei Kaffee und für sich einen Bagel mit Avocado und Rucola. Ihr war immer noch etwas schwindelig, sie schaffte es nur mit Mühe, das Tablett mit den Getränken und dem Snack zum Tisch zu balancieren.

Hanne legte ihre Hand an die Wange ihrer Tochter. Sanft streichelte sie mit ihren Fingerspitzen über Fritzis Gesichtshaut. Zögerlich legte Fritzi ihre Hand auf Hannes Hand.

Mehrere Augenblicke verharrten sie so. Die Sonne stach. Trotz Schatten musste Fritzi blinzeln. Sie betrachteten die Blumenkübel aus Waschbeton ohne Blumen.

Blasse Patienten in ausgeleierten Bademänteln saßen rauchend neben ihren Infusionsständern, eine Frau manövrierte sich und einen folienverpackten Blumenstrauß umständlich durch die Eingangstür.

„Kind, dein Kaffee wird kalt." Hanne zeigte auf Fritzis Tasse.

„Deiner auch", sagte Fritzi und lächelte unsicher.

Hanne umklammerte die Griffe ihrer Handtasche. „Wolltest du es auf keinen Fall behalten?"

Fritzi schüttelte energisch den Kopf.

„Und was sagt der Vater? Ist es Karsten?"

„Um Himmels willen, nein! Du kennst ihn nicht und er kommt in meinem Leben auch gar nicht mehr vor." Fritzi guckte auf ihre nackten Füße, die in alten Badelatschen steckten.

Wieso war das eigentlich so wichtig, wer der Vater war? Alle wollten das wissen: ihre Freundin, Bea und nun auch ihre Mutter.

„Ach, Mädchen, das tut mir sehr leid." Wieder strich Hanne kurz über Fritzis Wange. „Jetzt verstehe ich auch, weshalb du beim Leichenschmaus so schnell zum Klo gerannt bist. Außerdem hast du deine Kinder so verklärt angesehen."

„Das hast du mitgekriegt?" Fritzi war verblüfft.

Hanne nickte. „Ja, es hat mir geholfen, euch alle zu beobachten. Sonst wäre ich wahrscheinlich zusammengeklappt. Ich war so ... kraftlos." Hanne knetete ihre Hände. „Schon als kleines Mädchen habe ich mich gerne in andere hineinversetzt. Hat mich immer schön von meinen eigenen Sorgen abgelenkt. Vielleicht habe ich auch deshalb immer gerne geschrieben."

Sie nahm einen Schluck Kaffee und verzog das Gesicht. Er war kalt und bitter.

„Hat es denn sehr weh getan?", fragte Hanne nach einer Weile und fuhr mit ihrem Zeigefinger auf dem Tassenrand entlang.

„Es war ... gar nicht sooo schmerzhaft. Aber als ich aufgestanden bin, hab ich Krämpfe und Nachblutungen bekommen und deshalb sollte ich heute noch bleiben." Fritzi senkte ihren Blick und spürte Tränen aufsteigen. „Irgendwie geht es mir echt beschissen, weil es mir so vorkommt, als hätte man einen Teil von mir entfernt", gab sie zu.

„Ach, mein Kleines ..." Hanne fasste ihrer Tochter unter das Kinn. „Das wird schon wieder."

„Ja ja, was uns nicht umbringt, härtet uns ab." Fritzi schob die Hand ihrer Mutter beiseite und schniefte. „Papas Lieblingsspruch."

„Ist ja auch was Wahres dran." Hanne sprach leise. „Gönn dir vor allem Ruhe, mein Schatz." Sie kramte ein Stofftaschentuch aus ihrer Tasche und reichte es Fritzi.

„Wie soll ich mich denn ausruhen, Mama? Die Kinder brauchen mich doch und ich muss Geld verdienen." Fritzi wischte sich mit dem Taschentuch die Tränen ab, steckte es in die Tasche ihrer Jogginghose und zog eine zerknautschte Zigarettenschachtel heraus. „Eva hat mir einen Job in ihrer Agentur besorgt", erzählte sie. „Ich soll die Benefiz-Veranstaltung mit vorbereiten und dann an dem Festivaltag auch was mit organisieren. Da kriege ich endlich mal einen guten Stundenlohn. Allerdings kann ich bei so einem Gelegenheitsjob auch nichts für meine Rente tun."

„Das mit der Rente kommt sicher von Bea." Hanne biss sich auf die Lippen. „Sie wirft mir auch immer wieder vor, dass ich nichts dafür getan habe und mich zu sehr von eurem Vater abhängig gemacht habe."

Fritzi hielt Hanne die Zigarettenschachtel hin.

„Nein, danke. Seit wann rauchst du denn wieder?" Hanne schaute überrascht.

„Seit ich von dem Baby weiß. So konnte ich es immer auf das Nikotin schieben, wenn mir schlecht war. Du weißt ja, ich war schon immer eine Meisterin des Selbstbetrugs." Fritzi lachte verbittert auf und steckte sich mit einem Streichholz eine Zigarette an.

Hanne wedelte den Qualm weg und hustete.

„Ich bin gespannt, ob du mit deiner Schwester zusammenarbeiten kannst. Sie ist schon sehr speziell."

„Ja, manchmal ist Eva echt kompliziert. Aber wir sehen uns jetzt öfter und sie kann auch ein großer Schatz sein." Fritzi räusperte sich.

Hanne grinste verlegen. „Jedenfalls freue ich mich, dass ich nun sogar eine Schwiegertochter habe."

Fritzi nahm einen tiefen Zug aus der Zigarette. „Das finde ich ja gut, dass du es so entspannt siehst."

Hanne nickte. „Ich mag Linda wirklich sehr. Sie tut deiner Schwester gut."

„Hast du damals auch mal darüber nachgedacht?", fragte Fritzi.

„Worüber? Mit einer Frau zusammen zu sein?" Hanne schmunzelte ein wenig.

„Nein, ich meine ... mich nicht zu bekommen. Oder Bea oder Eva." Fritzi drückte die Kippe in einem Aschenbecher aus.

„Was?" Hanne guckte entsetzt. „Niemals! Wie kommst du nur darauf?"

„Fiel mir gerade so ein." Fritzi pulte die Kürbiskerne von ihrem Bagel und stopfte sie sich in den Mund. Den Rest ließ sie unberührt.

„Und Papa? Hat der begeistert auf die Schwangerschaften reagiert?"

„Ja, der hat sich jedes Mal gefreut. Papa hatte euch wirklich alle sehr gern. Ihr denkt viel zu schlecht über ihn."

„Kein Wunder, er war ja auch jähzornig oder eben gar nicht anwesend. Ich weiß aber, dass er sich einen Jungen gewünscht hat." Fritzi ließ sich gegen die Stuhllehne fallen und verschränkte die Hände hinter ihrem Kopf.

„Wirklich? Davon weiß ich nichts. Er hat doch so oft von seinem Vier-Mädels-Haushalt gesprochen. Das klang ziemlich stolz."

Hanne fächerte sich mit einem Bierdeckel Luft zu. Ihr Gesicht war puterrot. „Es war bestimmt nicht immer leicht mit ihm, aber er war ja kein Unmensch."

„Na dann." Fritzi klopfte sich auf die Oberschenkel. „Ich muss mal wieder hoch. Da kommt gleich noch die Visite und dann darf ich hoffentlich nach Hause."

„Gut, ich muss auch los. Bea will noch kommen. Bin auch ziemlich schlapp, diese schwüle Luft ist ja nicht zum Aushalten."

Fritzi schaute besorgt in den Himmel. Da war garantiert ein Gewitter im Anmarsch.

„Begleitest du mich noch zum Bus?", fragte Hanne.

Fritzi nickte. Langsam gingen sie untergehakt über den Zebrastreifen zur Busstation.

„Fehlt er dir sehr?", fragte Fritzi in die Stille hinein, als sie auf der Bank an der Haltestelle saßen.

Ihre Mutter schaute sie lange an. Wind kam auf.

„Natürlich fehlt Papa mir. Dadurch, dass er so lange im Krankenhaus lag, konnte ich mich ja schon ein bisschen an ein Leben ohne ihn gewöhnen – dachte ich jedenfalls. Diese Endgültigkeit ist allerdings schwer zu fassen." Hanne seufzte.

„Schwarz steht mir übrigens nicht." Sie strich über ihr dunkelblaues Leinenkleid.

Fritzi bewunderte die Stilsicherheit ihrer Mutter. Zum sommerlichen Kleid trug sie eine Perlenkette und Wildlederpumps. „Blau war schon immer eine gute Farbe für dich. Zwing dich bloß nicht in etwas hinein, was nicht zu dir passt", sagte Fritzi und zeigte ein leichtes Lächeln.

„Dass ich nicht mit nach Leipzig zu Jettes Vernissage komme, tut mir übrigens wahnsinnig leid, aber ich schaffe das noch nicht." Hanne schaute Fritzi an. „Aber zum Festival möchte ich gerne. Bea hat mir eine Karte geschenkt und auch Sima und Eva haben mir gut zugeredet. Wollen wir zusammen mit dem Zug fahren?"

„Nein, ich muss ja schon früher da sein. Fahre wohl mit Eva."

„Dann frage ich mal Sima und Bea. Wer nimmt eigentlich deine Kinder?"

„Karstens Mutter."

„Wirklich? Du willst sie ernsthaft bei Grete lassen? Du weißt doch um ihre Gesinnung."

„Ach, Mama, Grete ist nicht so wie er. Du musst nicht überall Gespenster sehen. Jedenfalls will ich sie nicht zu Dodo bringen. Die ist wirklich schlimm und die Jungs kennen sie gar nicht."

Hannes Bus kam. „Liebes, lass uns bitte heute Abend telefonieren und uns verabreden. Ich möchte dich und die Kinder gerne nächste Woche mal besuchen", verabschiedete sich Hanne schnell.

„Ja, gute Idee." Fritzi drückte ihre Mutter und Hanne stieg ein.

Fritzi ging auf den Balkon ihres Krankenzimmers. Die Visite ließ noch auf sich warten. Ihre Tasche stand fertig gepackt auf dem Bett. Sie schaute auf den Trakt gegenüber mit den zahlreichen Fenstern und Vorhängen. Überall verbargen sich Menschen und Schicksale.

Donner grollte und es wurde zunehmend stürmischer. Ein paar Blitze zuckten in der Ferne.

Fritzi konnte sich nicht erinnern, jemals so lange und offen mit ihrer Mutter gesprochen zu haben. Was hatte sie nur die ganzen Jahre davon abgehalten? Sie wischte sich mit ihrem Ärmel eine Träne aus dem Augenwinkel.

Niemals hätte sie vermutet, dass ihre Mutter Verständnis für Evas Homosexualität zeigen würde und dass sie Lust auf ein Festival mit lauter, aktueller Musik verspürte.

Wer würde wohl ihre Mutter pflegen, wenn es nicht mehr anders ging? Würden Bea und Mark einen Heimplatz bezahlen?

Fritzi konnte sich nicht vorstellen, ihre Mutter einfach abzuschieben. Aber wer von ihnen hatte schon die Zeit und die Nerven, sich intensiv um sie zu kümmern?

Plötzlich krampfte sich ihr Unterleib zusammen. Sie klammerte sich an einen Schirmständer und atmete tief ein und aus. Ihren Bauch haltend ging sie wieder ins Krankenzimmer und schloss die Balkontür.

Sie schaute in die fragende Miene ihrer Bettnachbarin. Die Frau mit den dunklen Locken und der blassen Gesichtshaut war gestern in das Zimmer geschoben worden. Die Krankenschwester hatte gesagt, dass die Patientin aus der Ukraine kam und kein Deutsch sprach. Die meiste Zeit lächelte sie Fritzi gequält an. Nachts hatten ihr wohl Albträume zu schaffen gemacht. Fritzi war mehrmals von ihrem Wimmern und Schreien wach geworden.

Fritzi setzte sich auf ihr Bett. An der Wand hing in einem Rahmen der Spruch: Immer wenn du meinst, es geht nicht mehr, kommt von irgendwo ein Lichtlein her. Fritzi fragte sich, ob es sich wirklich so verhielt oder ob das nur ein frommer Wunsch war. Wie sah man das wohl, wenn man so viel Leid im Krieg erleben musste?

Sie schloss die Augen und ließ sich in die Kissen sinken.

Inzwischen war Hanne zu Hause angekommen. Schon im Garten hörte sie laute Musik, die aus der Villa dröhnte. Bea war also schon da. Hanne beeilte sich, ins Haus zu kommen. Dicke Regentropfen fielen und es war immer noch sehr windig.

Bea öffnete die Tür, bevor Hanne ihren Schlüssel gefunden hatte. Sie hatte sich ein Handtuch um den Hals gelegt. Rote Flecken bildeten sich auf ihrem Dekolleté.

Sie gingen beide in die große Wohndiele.

„Der Taxifahrer hätte dich ja auch mal zur Tür bringen können bei dem Wetter", schimpfte Bea.

„Ich bin mit dem Bus gefahren. Eva hat mir eine Monatskarte besorgt." Hanne schüttelte ihr feuchtes Haar und stellte ihren Regenschirm in die Ecke.

„Wozu habe ich dir denn Taxi-Geld hingelegt?"

Hanne winkte ab. „Kind, ich brauche das nicht. Ich fahre inzwischen sehr gerne mit dem Bus und ich will sehen, dass ich mit meiner Witwenrente zurechtkomme. Bitte nimm das Geld wieder mit. Ihr habt doch schon die ganze Beerdigung bezahlt."

„Mama, du bist so stur. Und Fritzi hat das hundertpro von dir geerbt."

Bea zog die Augenbrauen hoch.

Hanne musterte ihre Tochter, die einen Sport-BH und eine Shorts trug. „Machst du hier Party?"

„Zumba, Mama. Ich musste mich nach der Demo mal auspowern. Hörst du die Musik? Die Band spielt auch beim Festival."

„Nicht zu überhören", bemerkte Hanne und stellte ihre Tasche auf ein kleines Jugendstil-Tischchen.

„Das ist richtig cooler Rock aus Irland. Die wollen aber volle Gage haben. Hat mir Eva gerade mitgeteilt." Bea blies ihre Backen auf.

„Kann man doch verstehen, die leben schließlich davon. Es wird sicher noch zusätzlich zum Eintritt viel gespendet und ihr könnt doch auch Werbeartikel verkaufen." Hanne spielte mit den Perlen ihrer Kette.

„Ja, stimmt. Manche Musiker spenden allerdings auch Shirts oder Tassen, einige treten für weniger Geld als üblich oder sogar ganz kostenlos auf." Bea machte ein paar Dehnübungen mit den Armen. „Fritzi hilft übrigens auch bei der Promo und kriegt das gut bezahlt." Sie zog das Handtuch von ihrem Hals und wischte sich den Schweiß vom Gesicht.

„Ja, hat sie mir erzählt. Mach bitte mal die Musik leiser", bat Hanne ihre Tochter und setzte sich in einen Ohrensessel, der neben der Tür zum Salon stand.

Bea verschwand im Salon, drehte die Anlage ab und kam gleich darauf mit einer Trinkflasche in der Hand wieder.

„Geht es Fritzi eigentlich besser?" Bea nahm einen großen Schluck von ihrem Protein-Shake.

Hanne nickte. „Ja, ich denke unsere Kleine grünt wohl wieder durch. Du hättest mir ruhig erzählen können, dass sie schwanger war." Hanne stützte den Kopf in ihre Hand. „Weißt du was über den Kerl?"

Bea verdrehte die Augen. „Garantiert ein verheirateter Liebhaber. Das geht ja meistens schief. Aber ich sage dazu lieber nichts mehr. Fritzi ist immer so mega empfindlich."

„Und du sei nicht immer so streng mit ihr. Sie macht gerade genug durch." Hanne griff nach ihrer Perlenkette. Sie hatte immer bedauert, dass ihre Töchter so wenig miteinander anfangen konnten. In letzter Zeit hatte sie jedoch wohlwollend beobachtet, wie sie sich annäherten.

Bea ging duschen. Als sie mit nassen Haaren wieder in die Diele kam, sah sie, dass ihre Mutter eingenickt war. In der einen Hand hielt Bea ihr Smartphone, mit der anderen rüttelte sie sanft an Hannes Arm. Langsam wurde Hanne wach. Sie reckte sich.

„Willst du dich nicht lieber hinlegen?", fragte Bea.

„Nein, lass uns doch noch zusammen essen. Wir wollten doch noch wegen der Konten sprechen." Hanne gähnte.

Bea wischte auf ihrem Handy herum. „Sima fragt, ob du nun verbindlich mitkommst nach Berlin. Sie will eine Gruppenkarte besorgen."

„Ich denke schon." Hanne rieb sich die Augen. „Die Musik eben war nicht nach meinem Geschmack, aber ich möchte euren Einsatz unbedingt unterstützen und gerne mal so ein Festival erleben."

Hanne erhob sich schwerfällig und schlurfte zum Eingangsbereich. Dort standen zwei Bronze-Skulpturen. Sie zeigten zwei Frauen mit großen Hüten. Die eine kniete und betete. Die andere hob die Hände zum Himmel.

„Die werde ich wohl demnächst verkaufen müssen, was?" Hanne atmete schwer.

„Ich fürchte, ja", sagte Bea. Sie stellte sich neben ihre Mutter und schaute sie betrübt an. „Da sind wohl noch einige Schulden von Papa zu tilgen."

„Dabei hätte ich mir auch so gerne eine von Jettes Plastiken gekauft", sagte Hanne traurig.

„Sie kann dir aber auch gerne eine schenken." Bea zog an ihrem Pferdeschwanz.

Hanne schüttelte energisch den Kopf.

„Na, komm. Das ist doch Familie und du hast früher wirklich viel für sie getan."

„Nein, das ist Jettes Arbeit, ihr Einkommen – genau wie bei den Musikern. Ich möchte keine Almosen." Hanne tippte ungelenk auf den Hut der einen Skulptur. „Aber in einer kleinen Wohnung ist ohnehin kein Platz für Kunstgegenstände."

„Noch wohnst du ja hier. Wir wissen ja noch gar nicht genau, was kommt. Ich mache Montag erst mal den Termin bei der Bank, dann sehen wir weiter."

„Bleibst du jetzt also zum Abendessen?" Hanne schaute zu Bea hoch. Sie war mindestens einen Kopf kleiner als ihre Älteste. Bea nickte.

„Dann lass uns mal in die Küche gehen", sagte Hanne.

Hanne saß am Küchentisch und schnippelte Gemüse für einen Salat. Bea stand an der Arbeitsfläche und rührte ein Dressing aus Essig und Öl mit Kräutern an.

In weiter Ferne grollte es und ein paar Blitze zuckten noch am Himmel. „Immer noch stickig hier drinnen", sagte Hanne. Sie stand auf und öffnete das Küchenfenster. „Oh, die Sonne kommt raus und da hinten ist ein Regenbogen." Sie zeigte nach draußen.

„Wie schön", entgegnete Bea nur.

Hanne drehte sich zu ihrer Tochter. „Weißt du, das mit eurem Festival ... alles schön und gut. Aber ich frage mich immer: Ist uns die Ukraine nicht viel näher, sollte man nicht dafür sammeln? Ich habe dort immer noch Brieffreunde, dort liegt mein Ursprung. Und damit in gewisser Hinsicht auch deiner." Hanne nahm Bea den Mixbecher mit der Salatsoße ab und stellte ihn auf den Tisch. „Es ist so furchtbar, russische Soldaten schießen auch auf ihre eigenen Verwandten und andersherum. Unschuldige Frauen und Kinder kommen um. Die Menschen dort brauchen doch auch unsere Hilfe."

„Natürlich hätte man die Einnahmen splitten können. Aber wie willst du das den Leuten vermitteln? Und für die Ukraine wird ja gerade von der Regierungsseite viel getan." Bea spülte den Quirl ab und schüttelte Wassertropfen von ihren Händen. „Die Iranerinnen bekommen medial bei uns fast keine Aufmerksamkeit mehr", sagte sie nachdenklich.

„Darauf hat Sima mich auch hingewiesen." Hanne setzte sich wieder und steckte sich ein kleines Paprikastück in den Mund.

Bea stellte die Flasche mit dem Olivenöl ins Regal. „Wenn du willst, kannst du für alles Mögliche sammeln. Die Erdbebenopfer in der Türkei zum Beispiel brauchen auch dringend finanzielle Unterstützung." Bea sah Hanne aufmerksam an. „Dein Herz hängt an der Ukraine, ich weiß."

Hanne nickte und legte das Küchenmesser beiseite. Sie wischte ihre Hände an ihrer Schürze ab. „Unfassbares Leid. Nur weil ein Irrer ein altes Reich zurückhaben will. Dafür werden Menschen getötet, Kinder verschleppt, Frauen vergewaltigt." Ihre Stimme drohte zu kippen.

Bea ging zu ihr und legte ihr die Hand auf die Schulter.

„Mama, es ist wirklich alles gruselig, aber nun versuch mal, auf gute Gedanken zu kommen. Ich decke uns draußen den Tisch. Und dann können wir ja nach dem Essen noch etwas spazieren gehen."

„Weiß nicht, ich bin kaputt. Einen Spaziergang machen wir ein anderes Mal." Hanne ließ den Kopf hängen. Dann nahm sie ihre Schürze ab und ging wieder zum Fenster.

„Draußen essen ist eine gute Idee", sagte sie nach einer Weile. „Die Sonne scheint ja wieder. Euer Vater liebte auch immer den Platz unter der alten Buche."

„Ich weiß", erwiderte Bea und ging mit Hanne in den Garten.

12 | Eva und Linda

Eva lief mehr als 200 Meter im Voraus. Eher lustlos trabte Linda hinterher. Sie hatte schlecht geschlafen und war schweißgebadet aufgewacht. Das Laufen fiel ihr heute besonders schwer. Schon jetzt gegen neun Uhr hing eine bleierne Schwüle in der Luft.

Viel lieber hätte Linda ihre Bahnen im Schwimmbad gezogen, aber Eva wünschte sich, dass sie wenigstens einmal in der Woche mit ihr joggte. Und dann meistens hier so weit draußen in Blankenese. Eva hatte eine Schwäche für den Elbstrand, den Hirschpark und das Treppenviertel. Die Stufen und der Höhenunterschied waren für Linda aber mindestens eine Nummer zu groß. Und es war ein weiter Weg von Harburg bis in diese Nobelgegend. Mit Bus und Bahn war Linda fast eine Stunde unterwegs.

Doch Linda wollte unbedingt etwas mit ihrer Freundin unternehmen und keine Spielverderberin sein, deshalb willigte sie jedes Mal in diese Laufrunden ein.

Eva stoppte. Sie vertrieb sich die Wartezeit mit ein paar Übungen an einer Beinpresse. Wie konnte sie nur zusätzlich zum Joggen auch noch an den Fitnessgeräten arbeiten? Allein vom Zusehen bekam Linda Seitenstechen.

„Darling, was ist denn los mit dir?", flötete Eva, als Linda zu ihr aufgeschlossen hatte.

Sie sprang vom Turngerät und nahm Linda in die Arme. Die ließ es zu, auch wenn der penetrante Schweißgeruch, der an Eva haftete, sie ziemlich anwiderte.

Vorsichtig löste sich Linda aus der Umarmung, ging etwas in die Hocke und stützte schwer atmend ihre Hände auf ihre Oberschenkel.

Demonstrativ stöhnte sie auf, ließ sich ins Gras fallen und streckte sich aus. „Schätzchen, ich habe nicht gut geschlafen. Außerdem bin ich zu alt und zu lahm für diese Strecke. Ich werde wieder auf schwimmen oder walken umsteigen."

Eva lachte. „Ach, Quatsch!", sagte sie nur.

„Nee, im Ernst", betonte Linda.

Eva setzte sich neben Linda und zwinkerte ihr zu. „Komisch, du hättest doch wie ein Murmeltier schlafen müssen nach unserem Bettsport." Sie lächelte in sich hinein. „Hast du dir nun eigentlich überlegt, ob wir zusammenziehen wollen?"

Eva streichelte Lindas Dekolleté.

„Ach, wie soll das gehen mit deiner Katzenallergie? Und deine Wohngegend liegt mir nicht und nach Harburg willst du nicht." Linda sprach leise. Sie richtete sich etwas auf und stützte sich mit den Unterarmen ab. Lindas Blick fiel auf das weiße Herrenhaus am Wildgehege. „Außerdem bin ich ja ab August sowieso erst mal weg."

Eva guckte zu Boden und rupfte ein paar Grashalme aus. Dann stand sie auf und setzte sich wieder auf das Sportgerät. „Dein olles Sabbatical ...", sagte sie schließlich mehr zu sich selbst als zu ihrer Freundin.

Linda hatte ihr erst vor ein paar Monaten eröffnet, dass sie für ein Jahr eine Pause vom Schuldienst machen wollte.

Eva hatte es irritiert hingenommen und kaum reagiert. Seitdem hatten sie das Thema umschifft.

„Ich kann mich gerade nicht mit deiner Auszeit beschäftigen. Ich hab, wie du weißt, einen stressigen Job, bei dem ich nicht immer pünktlich den Stift fallen lassen kann." Eva stemmte die Hände in die Hüften.

„Schon gut." Linda hob abwehrend die Hände. „Mir ist bewusst, dass du über Gebühr gefordert bist, gerade jetzt, so kurz vor dem Festival. Aber was Stress im Beruf ist, weiß ich selbst, ich hab auch so manche Überstunde auf dem Konto."

Linda musste in der Schule sehr präsent sein, zu Hause den Unterricht vor- und nachbereiten und täglich viele Entscheidungen treffen. Ihre Schüler brauchten viel Unterstützung. Sie war Seelentrösterin, Krankenschwester, Pädagogin und Animateurin in einem. Schon lange fühlte sie sich ausgelaugt. Viele ihrer Bekannten unterschätzten den Lehrerberuf total - nachmittags frei und viele Ferientage. Über Unterrichtsvorbereitungen, Elterngespräche, Klassenfahrten, Fortbildungen, Korrekturarbeiten und andere Dinge machten sich ja die meisten Leute gar keine Gedanken.

Die Pandemie hatte Linda genau wie das übrige Kollegium zusätzlich enorm gefordert. Trotz Homeschooling musste Linda oft in der Schule sein, sich die Technik der Videoübertragung aneignen und auch die Schülerinnen und Schüler betreuen, die nicht zu Hause bleiben konnten, weil ihre Eltern im Handwerk, in der Pflege oder im Einzelhandel tätig waren. Und ständig hatte es neue Vorschriften seitens der Schulbehörde gegeben.

Langsam stand Linda auf und wischte sich Erde und Grashalme von ihrer Hose und den Handflächen.

Eva stieg vom Fitnessgerät und stellte sich direkt vor Linda. „Sag es doch ab!"

„Nein", Linda schüttelte energisch den Kopf, „das werde ich ganz sicher nicht tun! Es ist alles seit einer Ewigkeit gebucht und geplant. Das ist mein Lebenstraum, den ich mir nun erfülle." Sie stampfte mit dem Fuß auf.

„Siehst du." Eva blinzelte.

„Was sehe ich?" Linda schaute Eva forschend an.

„Du rückst auch keinen Zentimeter von deinen Plänen ab. So ist das nun mal mit uns Dickköpfen." Eva presste die Lippen aufeinander.

„Wieso sollte ich auch davon abrücken? Ich plane das seit mehr als fünf Jahren und hab dafür auch schon auf einen Teil meines Gehalts verzichtet."

Linda wurde heiß. Was hatte Eva nur für Vorstellungen? Sie war ja damals auch einfach nach Bali gegangen, ohne Rücksicht auf Verluste. Linda trat von einem Fuß auf den anderen. „Eigentlich wollte ich dich fragen, ob du ... ob du mitkommen möchtest."

Ungläubig schaute Eva ihre Freundin an. „Wie, mitkommen?"

„Nach Griechenland. Ich will herumreisen, Kulturstätten besuchen, ein Tagebuch führen, fotografieren, Malkurse belegen. Das wäre doch auch was für dich. Du könntest auch von dort aus Veranstaltungen managen. Man hört doch immer wieder, dass Leute vom Ausland aus ihre Arbeit per Laptop machen."

Für einen Moment flackerte ein Leuchten in Evas Augen auf. Aber dann wurde ihr schnell bewusst, dass sie gerade wieder in Hamburg Fuß gefasst und sich an die Gepflogenheiten in der Agentur gewöhnt hatte. Und es hatte ihr so gutgetan, dass Jette sie in der Silvesternacht angerufen hatte.

Bei Georgs Beerdigung hatte Eva ihre Tochter endlich wiedergesehen und sie hatten sich lange unterhalten. Und nun sollte sie all dem schon wieder den Rücken kehren?

Linda schaute Eva verliebt an. „Denk in Ruhe darüber nach, Schatz. Ich weiß, es kommt überraschend, aber ich halte es ja kaum einen Tag ohne dich aus." Sie griff nach Evas Hand.

Eva schaute über die Häuser am Elbhang zum gegenüberliegenden Flussufer. „Im Eventmanagement muss man ganz oft vor Ort sein", machte sie klar. „Ich kann da nichts riskieren. Im Gegensatz zu dir kriege ich keine fette Pension und muss zusehen, dass ich jetzt ordentlich Kohle mache. Außerdem weiß ich ja auch gar nicht, wie es mit meiner Mutter weitergeht. Ihr Sehvermögen wird immer schlechter. Ich möchte gerne mehr für sie da sein." Über Jette wollte Eva jetzt nicht mit Linda sprechen. Manchmal war sie regelrecht eifersüchtig auf Linda, weil die immer so einen guten Draht zu Jette gehabt hatte.

Linda wiederum hatte keine Lust, ihre Privilegien als Beamtin zu rechtfertigen. Es würde jetzt auch zu nichts führen. „Kann Hanne denn im Haus wohnen bleiben?", fragte sie nach einer Weile.

Eva hob die Schultern. „Keine Ahnung. Von Bea weiß ich, dass mein Vater viele Schulden gemacht hat." Sie reckte das Kinn nach oben. „Dieser Idiot! Jahrzehntelang hat er Steuern hinterzogen und dann diese Spielsucht. Warum hat er sich bloß nie Hilfe geholt?" Eva presste sich eine Faust gegen ihre Lippen.

Es lag Linda auf der Zunge, Eva auf ihre eigene Suchtvergangenheit hinzuweisen und darauf, dass sie ähnliche Probleme wie Georg gehabt hatte, aber sie verkniff es sich. Eva wusste selbst, dass sie einen Teil ihres Lebens an die Drogen verloren hatte und viele Jahre nicht für ihre Nächsten da gewesen war.

„Hast du ihr denn nun abgesagt?", fragte Linda stattdessen.

Schon diese kleine Nachfrage war Eva zu viel. „Wem? Jette?", fragte sie gereizt.

„Ja, sie muss doch Bescheid wissen."

„Natürlich! Ich schreib ihr noch. Was du bloß immer hast." Eva räusperte sich. „Ich kann wirklich nicht mitkommen morgen. Das Treffen in Berlin ist sehr wichtig. Ich versuche am nächsten Wochenende zu Jette nach Leipzig zu fahren." Sie holte ihr Handy aus der Hosentasche, wischte auf dem Display herum und beugte sich zu Linda. „Pass auf, kommenden Dienstag halte ich mir den Abend frei und dann gehen wir schön essen", flüsterte sie ihr ins Ohr.

Linda atmete durch. Ein Lächeln huschte über ihr Gesicht. „Gut, abgemacht." Sie hielt ihrer Partnerin die Hand hin. Eva schlug ein.

Linda wischte sich mit ihrem Arm den Schweiß von der Stirn. „Ich muss mal los. Zur Demo wollte ich auch noch und morgen treffe ich mich sehr früh mit Sima."

„Okay, ich bringe dich zum Bus", sagte Eva.

Schweigend schlenderten sie Richtung Elbchaussee. Auch an der Haltestelle hingen sie beide ihren Gedanken nach. Als sich der Bus näherte, küssten sie sich innig und auf einmal störte Linda Evas Körpergeruch gar nicht mehr.

Während der Fahrt fragte sich Linda, ob ihre Freundin nicht auch mal wieder auf ihre Vorschläge eingehen konnte. Eva war seit Monaten so eingespannt, dass sie manchmal sogar zitterte, wenn sie ihr Handy hielt. Linda sehnte sich danach, Eva auch mal wieder etwas aus ihrer Welt zu zeigen.

So wie im letzten Herbst, da hatte sie in der Schule zusammen mit der Theater-AG „Die Welle" aufgeführt. Linda war mit ihrem Kunstkurs für das Bühnenbild zuständig gewesen. Eva hatte mit angepackt und Requisiten zur Verfügung gestellt. Mit Hilfe ihrer Beziehungen hatte sie sogar Spotlights und Traversen für die Bühne besorgt und einen Rentner vermittelt, der sich für schmales Geld um die Tontechnik gekümmert hatte. Linda rechnete es ihrer Freundin hoch an, dass sie sich trotz ihrer vielen beruflichen Termine dafür Zeit genommen hatte.

Doch in letzter Zeit mussten sie sich immer nach Evas Terminkalender richten. Ständig hing Eva am Telefon oder hatte abends Meetings. Und wenn Linda mal in Ruhe mit ihr reden wollte, ging das nur in den Morgenstunden beim Joggen oder manchmal spätabends im Bett.

Umso mehr freute es Linda, dass Eva nun die Idee für das Essen am kommenden Dienstag aufgebracht hatte. Das würde ihr helfen, den geplatzten Plan von ihrer gemeinsamen Griechenland-Reise zu verdauen. Linda hatte sich das Ganze schon in den schillerndsten Farben ausgemalt.

Der Abschied von ihrer Partnerin würde ihr schwerfallen, aber es ging nicht anders. Linda wusste, dass sie sehr unzufrieden werden würde, wenn sie ihr Sabbatical nicht antreten würde.

Wieso musste es nur immer so kompliziert sein? Konnte das Leben nicht einfach ein Geben und Nehmen sein?

Linda kam die Beziehung ihrer Eltern in den Sinn. Ihr Vater war vor zwei Jahren gestorben, ihre Mutter schon vor neun Jahren. Geldsorgen und Krankheiten hatten die Partnerschaft immer wieder belastet, es hatte häufig Streit gegeben. Zärtlichkeiten zwischen ihren Eltern hatte Linda nie wahrgenommen. Gemeinsame Unternehmungen gab es kaum.

Lindas Brüder waren zur Berufsausbildung weggezogen und nicht wieder in die alte Heimat zurückgekehrt. Der eine wohnte in der Schweiz, der andere an der polnischen Grenze. So war es klar, dass Linda einspringen musste, als ihre Mutter die Diagnose einer unheilbaren Nervenkrankheit bekam. Linda war zu dem Zeitpunkt Mitte 40. Zusätzlich zum anstrengenden Lehrerinnenberuf hatte Linda ihre Mutter mit versorgt. Ihr Vater war auch mit Anfang 70 noch arbeiten gegangen, um die Schulden vom Hauskauf abbezahlen zu können. Er konnte sich nur sehr eingeschränkt um seine Frau kümmern.

Der Gesundheitszustand der Mutter verschlechterte sich rapide. Sie konnte sich kaum mehr bewegen, saß im Rollstuhl. Jeden Morgen kam eine Frau, die sie wusch und ihr beim Anziehen sowie beim Toilettengang half. Doch es gab genug zu tun für Linda: kochen, gemeinsam essen, die Wäsche machen, sich um Auseinandersetzungen mit der Pflegekasse kümmern und das Reihenhaus putzen. Abends musste sie den Unterricht vorbereiten, leitete Elternabende, hatte Treffen mit Kolleginnen. Am Wochenende hatte sie oft mit ihrer Mutter Spaziergänge gemacht, während ihr Vater in Kneipen herumhing. Manchmal blieb sie über Nacht in ihrem Elternhaus in Schleswig-Holstein. Ihre Mutter saß an den Abenden teilnahmslos vor dem Fernseher. Linda las einen Roman nach dem anderen und schrieb Briefe an Eva nach Bali, von denen sie die meisten nicht abschickte.

Ihre Brüder hatten sich nur ganz selten nach ihren Eltern erkundigt. Der eine hatte immerhin ab und zu etwas Geld überwiesen, um damit sein Gewissen reinzuwaschen.

Ein leichter Tinnitus war von dem Stress dieser Jahre übriggeblieben. Gerade jetzt machte sich das Rauschen und Pfeifen wieder bemerkbar.

Es gab mal wieder diverse Zugausfälle. Auch Linda musste lange auf die nächste S-Bahn nach Harburg warten. Die Funktionswäsche klebte an ihrem Körper. Sie hatte sich das Shirt und die Hose extra für die Runden mit Eva gekauft. Ihre Trainingshose war lang, weil sie ihre Krampfadern nicht gerne in der Öffentlichkeit zeigte. Ganz atmungsaktiv schienen die Klamotten bei dieser Witterung nicht zu sein.

Zu Hause angekommen trank Linda in großen Schlucken zwei Gläser Wasser. Erst jetzt war ihr bewusst, dass in einer Stunde schon die Demo beginnen würde. Sie hatte Sima versprochen, zu kommen. Aber Linda machten Kopfschmerzen zu schaffen und ihr war schwindelig. So schrieb sie Sima eine Nachricht und sagte ab.

Linda war froh, dass während der Zeit des Sabbaticals eine Cousine von Sima, die bisher in Köln gelebt hatte, in ihre Wohnung einziehen würde. Damit waren auch ihre Katzen versorgt.

Ungeduscht kippte Linda auf ihre Couch. Die Katzen gesellten sich zu ihr und gemeinsam mit ihren Tieren schlief sie ein.

Als Linda abgefahren war, lief Eva nochmal los. Sie nahm Kurs auf den Elbstrand. Am Ufer zog sie ihre Turnschuhe aus und joggte etwa einen Kilometer barfuß. Drüben beim Airbus-Werk war es ruhig, nur ein einziges Containerschiff schob sich träge gen Hafen und eine Dunstglocke hing über dem Fluss.

Eva wollte im September an einem Charity-Lauf für krebskranke Kinder teilnehmen. Ihr fiel das Laufen leicht, sie vergaß dabei alles um sich herum. Da waren nur noch ihre Muskeln, ihre Atmung, ihr Schweiß. Der Leistungsdruck, der in der Agentur herrschte, fiel von ihr ab.

Eva mochte es sehr, wenn ihr Körper eins wurde mit ihrem Laufrhythmus. Sie brauchte keine Fitnessarmbänder für irgendwelche Messdaten.

Es fühlte sich so wunderbar an, unter den Fußsohlen den kühlenden Sand zu spüren. Wirklich bedauerlich, dass Linda dem Laufen so wenig abgewinnen konnte.

Eva zog ihre Schuhe wieder an und joggte hoch zum Elbhang. Auf einer Bank ruhte sie sich einen Moment aus. Sie reckte ihr Gesicht gen Himmel. Zum Glück wehte eine leichte Brise vom Fluss herüber.

Hier ganz in der Nähe hatte ihr Vater eine zweite Villa besessen. Mit großen Säulen, einem riesigen Konferenzraum und Elbblick. Dort hatte er Geschäftspartner aus aller Welt empfangen. Bea und Eva hatten als Jugendliche häufiger im Gesellschaftszimmer in gestärkter Schürze Getränke und Gebäck auf Silbertabletts serviert. Ab und zu hatten sie Georgs Gäste zum Übernachten in das ehemalige Kapitänshaus nebenan geführt und ihnen alles gezeigt. Alle Räume waren lichtdurchflutet und den Besuchern wurde sogar ein Stück Privatstrand geboten.

Immer wieder dachte Eva daran, dass ihr Vater sie von einer Sekunde auf die andere verstoßen hatte. Nur, weil niemand ihn kritisieren und hinterfragen durfte- schon gar nicht sein eigen Fleisch und Blut.

Nun war er also gestorben. Ohne ein Wort des Abschieds, ohne die Möglichkeit zu einer letzten Aussprache und zur Versöhnung. Das machte Eva sehr traurig, aber sie wollte das niemandem zeigen.

Ein paar Mal war sie mit ihrer Mutter ins UKE gefahren. Es hatte ihr enorm weh getan, ihren Vater dort liegen zu sehen zwischen all den Schläuchen und blinkenden Maschinen. Ihre Wut auf ihn war immer noch sehr stark, aber dieses Koma und die damit verbundene Reglosigkeit wünschte sie ihm nicht. Noch tieferes Mitgefühl empfand sie allerdings für ihre Mutter. Die kämpfte tapfer, fuhr ständig ins Krankenhaus und lud zur Ablenkung Freundinnen zum Tee ein. Doch Eva spürte, wie angespannt ihre Mutter war. Sie aß nur noch wenig und schluckte irgendwelche Pillen. Eva vermutete, dass auch Beruhigungsmittel dabei waren.

Ob ihrer Mutter bewusst war, dass sie ihre Eigenständigkeit für ihren Mann geopfert hatte?

Eva hatte ihrer Mutter während eines Besuches bei Georg auf der Intensivstation ihre Liebe zu Linda gestanden. Die wirkte ein wenig verunsichert, hatte Eva dann aber umarmt und gesagt: „Ach, Kind. Hauptsache ist, dass du endlich angekommen bist." Eva hatte über die Reaktion ihrer Mutter gestaunt und war erleichtert gewesen.

Fritzi und Bea hatten nur mal zwischendurch recht emotionslos ihren Segen dazu gegeben. Jette hatte ihrer Mutter stolz berichtet, dass sie von allein darauf gekommen war, dass Linda und sie ein Paar waren.

Eva war froh, dass ihre Familie toleranter war, als sie vermutet hatte.

Es schmerzte Eva, dass Linda nun für ein Jahr weg wollte. Aber sie konnte nicht mit. Es ging nicht.

Sie mochte ihren Beruf und mittlerweile auch die Agentur. Inzwischen übernahm Eva gerne Verantwortung und wurde von ihrem Chef für ihre Verlässlichkeit gelobt. Sie hatte außerdem zwei Kolleginnen, mit denen sie sich gut verstand, sie trafen sich auch mal privat. Dem Druck standzuhalten war jedoch ganz und gar nicht leicht für sie.

Eva atmete bewusst ein und aus.

Auf Bali hatte sie auch viel für ihre Fitness getan. Von Anfang an hatte sie es dort ohne Crack und Meth ausgehalten, aber bei Alkohol und Nikotin war sie immer wieder schwach geworden. Ständig hatte sie ihre Gefühle unterdrückt, manchmal auch gesoffen oder bis zum Umfallen Meditationsübungen gemacht, um einschlafen zu können. Niemand wusste davon, auch Linda nicht. Mit dem Trinken hatte sie erst aufgehört, als sie wieder in Hamburg war. Seit sie nun auch nur noch selten rauchte, hatte sie beim Laufen gar keine Atemprobleme mehr.

Evas Telefon klingelte. Fritzi war dran. Ohne Begrüßung plapperte sie gleich drauflos.

„Du, ich weiß echt noch nicht, ob ich es packe. Was dann?"

Eva stutzte. Dann kapierte sie, dass ihre Schwester den Job beim Festival meinte. „Ist ja noch ein paar Wochen hin. Geht es dir noch nicht besser?"

„Ein wenig schon, aber ich bin irgendwie schlapp und fühle mich total allein gelassen."

„Ja, verstehe. Tut mir echt leid. Bereust du es?"

„Die Abtreibung meinst du? Nee, gar nicht. Aber ich muss das ja alles stemmen mit den Jungs und meinen Jobs und dem Haushalt. Ist echt ätzend, wenn man sich so beschissen fühlt." Fritzi hüstelte. „Sag mal, ich bin bei euch gar nicht abgesichert, wenn ich krank bin, oder?"

„Puh, soweit ich weiß, machen die das für so einen Aushilfsjob alles schwarz." Eva knabberte an ihrem Fingernagel.

„Das sehen die da recht locker. Ich hoffe, dass in Berlin nicht kontrolliert wird an dem Tag."

Fritzi seufzte. „Ist ja nicht so toll. Aber ich möchte das gerne machen. Ich hab ja die Hoffnung, dass sie mich später richtig einstellen. Hab keinen Bock mehr auf Putzen bei anderen Leuten und diesen öden Bürokram."

„Wird schon klappen, Süße. Ich werde auf jeden Fall ein gutes Wort für dich einlegen. Und vielleicht kannst du dir dann sogar jemanden zum Putzen leisten. Zahlt Karsten denn immer noch nicht?" Eva rieb sich ihre Wade.

„Pfff ... Auf den ist doch kein Verlass. Seine Mutter steckt mir manchmal was zu." Fritzi atmete schwer. „Ich hoffe echt, dass ich dabei sein kann. Ich würde gerne beweisen, dass ich was auf dem Kasten habe."

„Das wird schon. Bleib lieber noch eine Nacht länger im Krankenhaus, da wirst du wenigstens bekocht und deine Bettwäsche waschen andere", meinte Eva.

Fritzi gluckste. „Na, du machst mir Spaß."

Eva kicherte. „Gut, dann bin ich ja wenigstens zu etwas nutze. Ist aber auch gerade heftig für dich: Erst Papa, dann die Schwangerschaft und Mama ist ja auch nicht gut drauf."

„Oh, danke für dein Verständnis", sagte Fritzi.

„Ironie?", fragte Eva.

„Nein, ich meine das ernst, Eva! Früher warst du nicht so einfühlsam", erwiderte Fritzi.

„Das stimmt wohl." Eva nickte vor sich hin.

„Vielleicht sollte ich mich in Zukunft auch lieber auf Frauen einlassen", gab Fritzi zu verstehen.

„Spüre ich da etwa ein Fritzi-Grinsen?", wollte Eva wissen.

Fritzi lachte ein wenig. „Kann schon sein."

„Ich sehe dein verschmitztes Grinsen ganz genau vor mir. Ja, dann ab jetzt lieber mit Ladys ins Bett. Schützt auch vor Schwangerschaft." Nun kicherten sie beide.

Juli 2023

13 | *Das Festival*

Der EC raste mit 150 Sachen von Hamburg nach Berlin. Waldstücke und Felder zogen an ihnen vorüber. Bea, Sima, Linda, Hanne, Jette und Jan hatten eines der Sechser-Abteile ergattert. Jette lehnte sich an Jan und schaute aus dem Fenster. Sie fragte sich, wo sie wohl gerade waren. Sie wusste so wenig über Deutschland, kannte sich genau genommen nur in Leipzig und Hamburg aus.

Sima musterte Hanne eingängig. Die war blass und wirkte ein wenig zusammengesunken. „Sag mal, ist dir kalt?"

„Ein bisschen. Es ist ein wenig kühl für Juli", antwortete Hanne.

Bea zog Hannes Strickjacke vom Haken und reichte sie ihrer Mutter. Hanne nickte ihrer Tochter dankbar zu und zog die Jacke über.

Sima packte Dosen mit Essen aus und auch Linda holte Kekse, Rohkost und einen Dip mit Datteln aus ihrem Rucksack.

Beas Handy klingelte. Fritzi wollte wissen, ob sie pünktlich ankommen würden. Bea schaute auf ihre Armbanduhr. „Wir sind jetzt kurz vor ..."

„... Ludwigslust", vervollständigte Jan den Satz. „Alles im Plan." Er hob den Daumen.

Bea sprach laut mit Fritzi über die weiteren Verbindungen zum Hotel und zum Stadion. Dann verabschiedete sie sich von ihrer Schwester. „Unsere Lütte ist richtig in Sorge um uns", sagte Bea augenzwinkernd und stupste ihre Mutter an.

„Ist doch auch mal ganz schön", meinte Hanne und biss in eine kleine Frikadelle.

Linda holte Kaffee aus dem Bordbistro und kam mit einem Papphalter und sechs Bechern wieder ins Abteil.

„Diese To-go-Dinger nerven", sagte Jette.

„Wirklich nicht besonders nachhaltig", bestätigte Linda.

„Das Herumlamentieren nützt uns jetzt aber nichts. Oder hat etwa jemand Tassen mitgeschleppt?" Bea schaute in die Runde. Sie nahm Linda zwei Pappbecher ab und gab ihrer Mutter einen in die Hand.

„Ich mag ja diesen Milchschaum gar nicht", mäkelte Hanne. „Aber trotzdem danke. Hauptsache Koffein und was Warmes."

„Sehe ich auch so", sagte Jan und zwinkerte Hanne zu.

„Ich hab Hamid und Yasmina auch Kaffee gebracht. Bei denen im Waggon ist es genauso voll." Linda nahm einen großen Schluck aus ihrem Becher.

„Echt super, dass die zwei mitgekommen sind", meinte Bea und schaute Sima an. „Ja, ich bin sehr froh darüber. Hamid ist richtig Feuer und Flamme", bestätigte Sima.

„Und, habt ihr Bock auf das Festival?", fragte Jette und schaute Bea und Sima an, die ihr gegenüber saßen.

„Aber so was von! Endlich ist es so weit!", freute sich Bea. „Einige Bands wollte ich schon immer mal live erleben. Schon verrückt, was Eva da auf die Beine gestellt hat."

„Ohne dich wäre es gar nicht zu dem Event gekommen, liebe Bea", meinte Sima.

„Es war Teamwork – und die ursprüngliche Idee kam von dir", erwiderte Bea und prostete Sima zu.

„Sag mal, wollte deine Enkelin nicht auch dabei sein?" Linda sah Sima an.

„Ich weiß nicht, ob Karla ins Stadion kommt. Eine Karte hat sie jedenfalls von Yasmina gekriegt. Sie ist schon in Berlin und trifft sich nachher mit Gernot", bemerkte Sima.

„Wer ist denn Gernot?", fragte Linda.

„Karlas leiblicher Vater. Der wohnt in Berlin", erklärte Jette.

„Er war früher ein hohes Tier beim DFB, ich hatte schon Hoffnung, dass er Karla wieder zum Fußball motiviert. Sie ist so talentiert." Sima seufzte. „Aber erst neulich hat sie wieder gesagt, dass sie jetzt erst mal eine Ausbildung zur Physiotherapeutin machen will." Sima schaute nachdenklich. „Hach, dieses Kind ist vernünftig und dickköpfig zugleich."

„Man kann nur hoffen, dass das Geld auch bei den Aktivistinnen oder deren Angehörigen ankommt, dass Anwälte davon bezahlt werden und so weiter. Immer wieder ist zu lesen, dass sich Organisationen Spenden selbst einstecken", warnte Linda.

„Linda, jetzt ist aber mal gut!" Sima wurde wütend. „Wie lange kennst du Bea und mich nun schon! Traust du uns und Eva etwa nicht? Wir werden alles transparent machen und es ganz korrekt an unsere Kontakte weiterleiten." Ihr Kopf war knallrot.

Jette legte die Hand auf Lindas Arm. „Sima hat recht. Entspann dich mal. Die wissen doch, was sie tun."

Linda fuhr sich nervös durch ihr Haar und stapfte aus dem Abteil.

„Was ist bloß los mit ihr?", wollte Bea wissen.

„Menopause", sagte Hanne trocken.

Sima lachte auf. „Wenn es nur das wäre, Hanne! Ich glaube, sie kommt nicht klar damit, dass sie bald von Eva weg muss."

„Aber sie will das mit dem Sabbatical doch unbedingt, dann muss sie ihren Frust echt nicht an uns auslassen", schnaubte Bea.

„Sind wir denn bald da?", fragte Hanne. Unruhig rutschte sie auf ihrem Sitz hin und her und reckte ihren Hals zum Fenster. „Als ich damals öfter mit Papa nach Berlin gefahren bin, war das ja hier die Transitstrecke."

„Das ist ja nun schon wirklich lange her", bemerkte Bea. Sie schaute auf ihr Handy. „Laut Fahrplan sind wir in zwanzig Minuten in Berlin."

Am Hauptbahnhof gesellten sich auch Yasmina und Hamid zu ihnen. Sie wollten alle erst im Hotel einchecken und sich frisch machen. So fuhren sie mit der S-Bahn zu einem Hotel an der Dahme im Stadtteil Köpenick. Bea hatte bei der Buchung darauf geachtet, dass es in der Nähe des Stadions An der Alten Försterei lag.

Sima begleitete Hanne in ihr Zimmer. Sie öffnete die Tür mit einer Chipkarte, ging hinein und stellte Hannes Gepäck ab. Hanne kam hinterher und stolperte über ihre Tasche, konnte sich aber gerade noch fangen und stützte sich an der Wand des kleinen Flurs ab.

„Hanne, alles in Ordnung?" Sima drehte sich besorgt zu ihrer Freundin um.

„Ja, alles gut", beteuerte Hanne und rieb sich das Handgelenk. „Ziemlich nobel das Hotel, aber ist ja nur für eine Nacht."

Gegen zwei trommelte Bea in der Lounge alle zusammen und schritt mit einem Regenschirm bewaffnet voran. Jette, Jan und Sima amüsierten sich über Bea und tuschelten ein wenig.

„Du brauchst keinen Schirm, auch wenn Schietwetter ist. Das Stadion ist an unseren Plätzen überdacht", sagte Linda. Sie hatte sich den Stadionplan genau angesehen.

Bea beeindruckte das nicht. „Man weiß ja nie. Vielleicht will ich ja noch zur Autogrammstunde oder mir im Innenraum etwas zu trinken holen." Der Wetterbericht für Berlin war für diesen Samstag wahrlich schauderhaft.

Trotz des angekündigten Regens waren alle bis auf Hanne und Linda in ausgelassener Stimmung.

„Sag mal", Sima stieß Bea an, „war dir bewusst, dass deine Mutter so schlecht sieht? Sie geht total unsicher und ist vorhin über eine Tasche gestolpert."

„Ist mir in letzter Zeit auch verstärkt aufgefallen. Wir haben jetzt nochmal einen Termin beim Augenarzt gemacht", erwiderte Bea.

Am Eingang zum Stadion wurden dünne Regencapes für fünf Euro verkauft. „In so ein Ganzkörperkondom soll ich steigen?", scherzte Jette.

Hamid prustete los.

„Echt Wucher und so viel Plastikmüll!", schimpfte Hanne, während sie das Cape unter die Lupe nahm. „Ich brauche keins."

„Aber Mama, sei doch vernünftig, du hast nur deine Strickjacke an. Guck mal zum Himmel!" Bea deutete nach oben. Doch Hanne schaltete ihre Ohren auf Durchzug und ging einfach weiter.

Mit dem Stadionplan und Lindas Hilfe fanden sie ihre Plätze. Sie saßen ein wenig verstreut, aber alle in einem Block. Hamid, Bea und Jan guckten sich neugierig um und machten Fotos von der beeindruckenden Kulisse. Alles war bunt geschmückt und das Festival war ausverkauft. Linda und Jette erwarben bunte Fähnchen, auf denen die Parole „Jin, Jiyan, Azadî" in verschiedenen Sprachen aufgedruckt war. „Sie sind toll geworden!" Sima freute sich über das Design und die Farben. Lange hatte sie mit einer Grafikerin daran gesessen.

„Führst du nicht durch das Programm?", fragte Hamid seine Frau. „Nein, das macht eine Iranerin aus Berlin zusammen mit Bea." Sima schob sich eine Dattel in den Mund.

Über ihnen kreisten Drohnen. Eva und ihre Kollegen sorgten dafür, dass genug Filmmaterial für die Regionalsender und die Social-Media-Kanäle zusammenkam.

Ein paar Tänzerinnen probten noch auf der Bühne. In einer knappen Stunde sollte das Programm starten.

Jette klopfte an die Tür zur Stadionaufsicht. Sima hatte ihr verraten, dass Eva hier die letzten Checks machen wollte.

Auf Jettes Klopfen hin tat sich nichts. So öffnete sie vorsichtig die Tür und lugte in den Raum. Ihre Mutter stand mit zwei Männern an einem großen Mischpult, über dem diverse Monitore hingen.

„Jette!", rief Eva erfreut und schob den Kopfhörer ihres Headsets von ihren Ohren. Sie sagte etwas zu ihren Kollegen und kam auf Jette zu. Die beiden herzten sich. „Schön, dich zu sehen. Wie geht es dir?" Eva musterte ihre Tochter und strich ihr über das Haar.

„Mir geht es gut. Ich muss dir ganz dringend etwas erzählen", plapperte Jette drauflos. „Am liebsten unter vier Augen."

Eva zögerte kurz, führte Jette dann aber in ein kleines Kabuff hinter einer Fensterwand. Sie schloss die Tür. „So, nun sind wir ungestört. Etwas Zeit hab ich noch, bevor hier der totale Wahnsinn ausbricht. Dann schieß mal los!"

Jette schaute erst auf den Boden und dann direkt in Evas Augen. „Mama, ich … ich bekomme ein Kind", brachte sie stotternd hervor.

„Waaaas! Wie schön!" Ungestüm umarmte Eva ihre Tochter. „Wann ist es denn soweit?"

„Ich bin erst im zweiten Monat. Also Ende Februar, wenn alles glatt läuft." Jette lächelte.

„Wunderbar! Hey, ich werde Oma!" Eva streckte jubelnd ihre Arme in die Luft. „Freut Jan sich denn auch?"

„Ja, und wie. Wir sind sehr glücklich", sagte Jette. „Mama, vor ein paar Monaten hätte mich so eine Nachricht komplett aus der Bahn geworfen, aber jetzt fühlt es sich total gut an", schob sie nach.

Eva lächelte ihre Tochter an und küsste sie zärtlich auf die Wange. „Darauf sollten wir morgen anstoßen! Am besten mit Saft." Eva zwinkerte Jette zu und blies sich ihre Ponysträhnen aus dem Gesicht.

„Ja, komm doch in unser Hotel", schlug Jette vor. „Nun musst du dich wohl erst um andere Dinge kümmern."

„Allerdings." Eva stöhnte und tippte an das Mikro ihres Headsets. „Ich bin heute eine sehr gefragte Frau." Sie zog die Augenbrauen hoch und schielte zu ihren Kollegen.

„Alles klar. Ich wollte es dir unbedingt sagen." Jette legte den Kopf schief. „Auch wenn der Zeitpunkt jetzt nicht ganz passend ist."

„Ist völlig okay. Noch ist Ruhe vor dem Sturm." Eva drückte ihre Tochter. „Toll, dass du zu mir gekommen bist. Ich freue mich sehr für euch." Ihre Augen glänzten.

Jette drehte sich zur Tür. „Gut, ich geh mal wieder zu den anderen. Ich drücke dir die Daumen", sagte sie zu ihrer Mutter.

„Wird schon schiefgehen", murmelte Eva.

Die Tänzerinnen aus ganz unterschiedlichen Kulturen machten in bunten Kostümen den Auftakt zum mehrstündigen Festival. Auch das Quintett von der Demo in Hamburg trat auf. Es folgten Videobotschaften und Begrüßungen von Iranerinnen und Iranern. Eine Menschenrechtsaktivistin, die jetzt in Deutschland lebte, erzählte von ihrer grausamen Folterung in einem iranischen Gefängnis.

Nach einer längeren Umbaupause stürmte eine fünfköpfige Rockband die Bühne. Der Schlagzeuger gab alles.

Bea flippte vollkommen aus und hüpfte wild auf und ab. Nach ein paar Songs machte sie sich auf den Weg in den Backstage-Bereich. Eva hatte sie gebeten, für ein paar Interviews vorbeizukommen. Sima, Yasmina und Hamid wippten im Takt mit und auch Jette und Jan schienen sehr angetan von der Band. Linda hielt sich an einem Weinglas fest und guckte etwas verloren.

Hanne fragte sich, warum sie nicht abgesagt, ihre Karte nicht an ihre Freundin verschenkt hatte. Die Musik war ihr viel zu laut, die Ansagen zu flippig und das Publikum zu jung. Hinzu kam, dass sie fror. Den schärfer werdenden Wind konnte ihre Wolljacke nicht abhalten und es hingen schwere Wolken über dem Stadion.

Doch Hanne lächelte und plauderte munter mit Sima und Linda. Im Laufe ihres Lebens war sie Expertin darin geworden, Smalltalk zu halten und sich Unmut nicht anmerken zu lassen.

„Ich muss mal zur Toilette", krächzte Hanne Sima nach zwei Sets der Rockband ins Ohr. Wie ferngesteuert machte sie sich auf den Weg Richtung Treppe.

„Warte doch, Hanne!", rief Sima und lief ihr nach. „Ich begleite dich." Sie nahm Hanne am Arm und führte sie Richtung Oberrang.

Dort entdeckte Sima Fritzi hinter einem roten Marktwagen mit gestreifter Markise. Sie ging mit Hanne zu ihr. Die drei begrüßten sich. Fritzi verkaufte T-Shirts, Flaggen, Tassen, Schlüsselanhänger, Handyhüllen, Aufkleber und Beutel. Von Bea wusste Sima, dass die meisten Bands an diesem

Tag 50 Prozent ihrer Einnahmen für Fanartikel abgaben, um die Initiative zu unterstützen. Sima freute das sehr.

„Willst du hier warten? Ich muss doch ziemlich dringend", machte Hanne sich bemerkbar. Sie schaute ziemlich gequält.

„Oh weia, Hanne, entschuldige!", rief Sima. „Da vorne ist schon ein Klo." Sie machte Anstalten, Hanne zu begleiten.

Doch die winkte energisch ab. „Bleib du mal hier. Ich schaffe das schon alleine", beteuerte Hanne und machte sich auf den Weg.

Als sie fertig war, hielt Hanne nach Sima Ausschau. Doch die war nirgends zu sehen. Der Wind wurde noch stärker. Pappbecher und Servietten wirbelten durch die Luft. Es begann zu tröpfeln. Hanne wollte sich schon zu Fritzis Stand durchschlagen, da entdeckte sie einen Brezel-Verkäufer auf dem Mittelgang zwischen den Rängen. Der junge Mann trug einen Bauchladen mit Laugengebäck und auf dem Rücken ein kleines Bierfass mit Zapfanlage. Hanne verspürte Appetit und steuerte auf den Verkäufer zu. Sie musste ein paar Stufen hinuntersteigen und sich durch einen Pulk von aufgeregt quasselnden Frauen drängeln.

Und dann überschlugen sich die Ereignisse. Sima und Fritzi beobachteten alles vom Marktwagen aus. Sima erzählte in den Wochen nach dem Festival immer wieder, dass es eine Verkettung unglücklicher Umstände war.

Der Soundcheck für die nächste Musikerin dröhnte herüber, es war voll und das Geländer wohl nicht in Reichweite. Plötzlich verschwamm alles vor Hannes Augen. Es war ein wenig rutschig auf dem Boden. Hanne wollte zum Geländer greifen, verfehlte es aber. Sie stolperte und trudelte mehrere Stufen hinab. Es wirkte sehr irreal. Alles geschah seltsam lautlos.

Hannes Körper stieß gegen die Waden einer Frau, die auch kurz das Gleichgewicht verlor, sich aber an ihrem Begleiter festkrallen konnte.

Ein Besucher versuchte Hanne zu greifen, aber er bekam sie nicht richtig zu fassen. Bei dem Versuch, sie festzuhalten, erwischte der Mann nur ihre Halskette, die dann riss. Die einzelnen Perlen sprangen von Stufe zu Stufe.

Reglos blieb Hanne schließlich auf einem Treppenabsatz liegen. Ihre Gliedmaßen sahen seltsam verdreht aus. Ihre Hose und ihre Jacke waren verdreckt, das Haar nass und zerzaust. Sie hatte einen Schuh verloren. Eine Blutlache bildete sich neben ihrem Kopf.

Fritzi kreischte los und rannte entsetzt zwei Stufen auf einmal nehmend zu ihrer Mutter hinunter. Sima blieb zunächst wie angewurzelt im Oberrang stehen, setzte sich dann aber auch in Bewegung. Wie in Zeitlupe stieg sie ebenfalls zu Hanne hinab.

Als Sima bei Hanne war, schlug sie die Hände vor ihren Mund und stieß einen spitzen Schrei aus.

Fritzi rüttelte sanft am Arm ihrer Mutter und redete auf sie ein. Ihr wurde schlagartig übel und ihr Herz raste. Sie legte ihr Ohr auf den Brustkorb ihrer Mutter, konnte aber keine Atmung feststellen. Verzweifelt schaute sie zu Sima hoch und in lauter fremde Gesichter. Etwa ein Dutzend Menschen hatten sich wie eine Traube um den Unglücksort versammelt. „Ist hier ein Arzt?", brüllte jemand, ein anderer schrie aufgeregt: „Wir brauchen einen Defibrillator!"

Fritzi wollte gerade mit einer Herzdruckmassage beginnen, da kamen auch schon zwei Sanitäter mit kleinen Koffern und Rucksäcken angerannt. Sanft schoben sie Fritzi und Sima zur Seite. Zwei Ordner sorgten dafür, dass die Gaffer zurückblieben und Hanne einigermaßen vor neugierigen Blicken abgeschirmt wurde. Ein paar Frauen spannten geistesgegenwärtig ihre Regenschirme auf und bildeten so einen Sichtschutz.

Hanne war nicht ansprechbar. Sima schluchzte laut. Fritzi klapperte mit den Zähnen. Sie zog ihre Regenjacke eng um sich, stand auf und versuchte, Eva zu erreichen. Auch Jette und Linda kamen zur Unglücksstelle. Linda nahm Sima in den Arm und küsste sie auf den Kopf. Jette streckte mit schmerzverzerrtem Gesicht die Hand nach Hanne aus, ohne sie berühren zu können. Stattdessen fasste sie nach Fritzis Hand.

„Bitte gehen Sie zu meiner Kollegin", sagte einer der Sanitäter ruhig, aber bestimmt zu Fritzi, Sima, Jette und Linda. Er deutete auf eine Frau in einer Warnweste, die am Geländer stand. Sie sprach etwas in ein Funkgerät. Die Ordnerin guckte Sima und Fritzi prüfend an.

„Sind Sie Angehörige?"

Fritzi nickte und zeigte auf Jette und Linda. „Die beiden auch", sagte sie stockend.

Die Ordnerin bedeutete ihnen, ihr zu folgen. „Wir haben einen Ruhe-Bereich in der VIP-Lounge eingerichtet. Dort können Sie sich treffen und mit Seelsorgerinnen und

Ärztinnen sprechen", erklärte sie.

Fritzi drehte sich nochmal um und sah aus dem Augenwinkel, dass ein Sanitäter Hannes Puls fühlte und es mit einer Herz-Lungen-Massage versuchte. Dann platzierte er die Elektropads des Defibrillators auf Hannes Brust und leitete die Reanimierung ein.

Im nächsten Moment kamen eine Frau und ein Mann mit einer Trage. Behutsam legten sie Hanne darauf und deckten ihre Beine mit einer Rettungsfolie zu.

Sima legte ihren Arm um Fritzi und zog sie nah an sich heran. Fritzi zitterte und vergrub ihr Gesicht an Simas Schulter.

„Bitte hier nichts mehr anfassen!", rief ein Mann in Polizeiuniform.

Ängstlich schauten sich Jette und Sima an. Ein Absperrband wurde um die Unfallstelle gezogen. Die umstehenden Gäste wurden zu anderen Plätzen geführt. Decken wurden an diejenigen verteilt, die geschockt aussahen und alles mitbekommen hatten. Eine Frau war in Ohnmacht gefallen und wurde von einer Sanitäterin versorgt. Es gab Durchsagen, dass alle die Ruhe bewahren sollten und die Sanitäter und Ärztinnen die Situation unter Kontrolle hätten.

Sima und Fritzi waren beinahe bei der VIP-Lounge angekommen, da lief Eva ihnen entgegen.

„Wo ist denn Bea?", fragte Sima und hielt sich ihren Bauch.

„Die kommt hoffentlich gleich. Sie sollte eigentlich demnächst auf der Bühne sprechen. Ich hab ... im Technikraum gesessen und gar nichts mitbekommen", keuchte Eva. Sie zeigte zum Unfallort.

„Was ist mit Mama?" Fritzi stellte sich ihr in den Weg und hinderte sie daran, zu Hanne hinunter zu laufen.

„Komm mal mit, wir ... wir reden mit der Seelsorgerin." Fritzi fasste Eva am Ellenbogen und nahm sie mit in den Raum, in dem schon ein Kriseninterventionsteam auf sie wartete. Linda, Jette, Jan, Yasmina und Hamid hockten dort bereits auf Sofas und wurden mit Tee, Wasser und Decken versorgt.

Eva setzte sich zu Linda und schaute sie mit leerem Blick an. „Was willst du tun?", fragte Linda.

„Ich ... ich weiß nicht", wimmerte Eva. „Der Krisenstab setzt sich jetzt zusammen", brachte sie mühsam hervor. Der Rotz lief ihr aus der Nase. „Ich bringe es jetzt nicht ..."

Linda streichelte unbeholfen die Wange ihrer Freundin. „Musst du ja auch nicht, Liebes. Du musst jetzt nichts entscheiden", sagte sie leise.

„Ich will mit ins Krankenhaus zu Mama!", rief Eva laut.

„Ja, kannst du bestimmt auch", sagte Linda so gefasst es eben ging.

Evas Handy klingelte. Mit stumpfem Blick guckte sie auf das Display, dann reichte sie Linda das Telefon.

„Sie spielen erst mal Musik aus der Dose und machen ein paar Durchsagen", berichtete Linda mit heiserer Stimme. „Es wird eine Unterbrechung von etwa dreißig Minuten geben." Linda nahm Evas Handy wieder an ihr Ohr. „Danach wird es wohl weitergehen. Sie befürchten, dass sonst unter den mehr als 20.000 Gästen eine zu große Unruhe ausbricht."

Eva hörte gar nicht richtig hin, aber sie war erleichtert,

dass nun andere die Strippen zogen. Ihr war schwindelig und sie konnte kaum sprechen.

„Was ist, wenn ... wenn wir jetzt nicht genug einnehmen? Hoffentlich wird noch genug verzehrt", stotterte sie besorgt vor sich hin.

„Psst, Süße." Linda legte einen Finger auf ihren Mund. „Das ist jetzt doch gar nicht wichtig. Das wird sich alles zurecht laufen. Hauptsache, Hanne geht es bald wieder besser." Doch Linda wusste in dem Moment, in dem sie diesen Satz ausgesprochen hatte, dass das nicht geschehen würde. Sie hatte Hannes Gesicht gesehen. Es hatte keinen Ausdruck mehr gehabt, der Blick war wie weggetreten, völlig leer, die Haut grau. So hatte auch ihre Mutter ausgesehen, als sie verstorben war. Alle Lebenssäfte und aller Atem waren aus Hannes Körper verschwunden. Nur wollte Linda Eva nicht noch mehr schocken, ihr lieber tröstliche Dinge sagen.

Plötzlich stürmte Bea aufgebracht in die Lounge. „Spinnt ihr jetzt komplett? Mama stürzt und niemand von euch sagt mir Bescheid!"

Eva wankte auf sie zu. An ihrem Hals pochte eine Ader wild vor sich hin. „Hey, mach hier jetzt bitte keinen Terz. Wir fahren mit im RTW und dann erstatte ich dir Bericht", zischte sie ihrer Schwester zu.

Eva schnappte sich ihren Rucksack und ging mit Bea und einer Ordnerin zum Rettungswagen. Der Wind wirbelte ihnen durchs Haar.

Zwei Stunden später rief Bea Fritzi an und teilte ihr mit, dass ihre Mutter es nicht geschafft hatte.

Fritzi war kreidebleich. „Oh Gott, ist das alles furchtbar!", schluchzte sie. Sie ließ das Smartphone sinken. Alle anderen schienen ohne weitere Erklärungen zu ahnen, dass Hanne verstorben war. Sima und Jette weinten. Linda schaute ausdruckslos auf ihre Hände.

Eine halbe Stunde später fuhren sie mit einem Taxi zum Hotel.

Als Karla gegen elf Uhr abends durch die große Schwingtür der Hotelbar kam, saßen noch alle beisammen. Aus den Boxen säuselte leise Jazzmusik.

Yasmina drückte ihre Tochter fest an sich. Karla wirkte auch mitgenommen, sie hatte von dem Unglück im Radio gehört und ihre Mutter hatte ihr geschrieben, dass es sich bei der Verstorbenen um Hanne handelte.

Eine Polizistin hatte Sima und Fritzi einzeln zum Unfallhergang in einem Nebenraum befragt.

Das war für sie beide sehr unangenehm gewesen, doch nur auf diese Weise konnte ein Fremdverschulden ausgeschlossen werden.

Sima hatte heftig geweint und immer wieder „Wir sind doch keine Mörderinnen!" gerufen. Hamid hatte sie schließlich an sich gezogen und ihr tröstend über das Haar gestrichen.

Bea schaute auf ihr Smartphone. Dunja hatte ihr geschrieben, dass auch der Verein *Union Berlin* etwas aus den Getränkeeinnahmen für die Organisation spenden würde. Sie blickte zu Boden und steckte das Handy in ihren Rucksack.

Bea konnte jetzt nicht über das Festival, Geldsummen und die Initiative nachdenken.

Fritzi ließ sich gegen die Rückenlehne ihres Sessels fallen. Ihr Kopf fühlte sich leer an und war gleichzeitig vollgestopft mit Gedanken, die sich nicht ordnen ließen. Nichts schien in Bahnen zu laufen. In ihrem Herzen klaffte ein großes Loch. Immer wieder rannen ihr Tränen die Wangen hinunter. Sie sah zu Bea und Eva. Ihre Schwestern waren erst vor einer Stunde aus dem Krankenhaus gekommen. Die beiden ließen die Köpfe hängen, hatten auch feuchte Augen und sprachen nicht viel. Vielleicht würden sie in den kommenden Tagen berichten, was die Ärzte getan und gesagt hatten. Niemand hatte nachgefragt. Bea zog nervös an ihrem Pferdeschwanz. Eva trug noch immer das Regencape aus dem Stadion und sah aus wie ein begossener Pudel.

„Oh Gott, wie schlimm." Karla sprach in die Stille hinein. „Ihr wolltet einfach nur feiern und Gutes tun. Und dann das."

„Ja, unfassbar." Sima nickte vor sich hin und nahm einen großen Schluck Wodka. „Ich mache mir solche Vorwürfe", stammelte sie.

Karla setzte sich auf die Lehne von Simas Sessel und legte den Arm um ihre Oma. „Aber warum denn, Omi?"

„Ich ... ich hätte Hanne nicht alleine lassen dürfen. Sie wollte auf die Toilette und ich bin bei Fritzi geblieben. Hannes Augen sind ... waren so schlecht. Dann dieses Unwetter und sie hatte sowieso eine ganz schlechte Orientierung." Sima schnäuzte sich die Nase.

„Komm, lass sein", versuchte Fritzi Sima zu beruhigen. „Das führt doch zu nichts. Du hast keine Schuld. Niemand hat Schuld. Wir hätten sie nicht retten können. Mama hatte eben ihren eigenen Kopf. Es ist ja nicht mehr zu ändern." Sie strich sich ihre Locken aus dem Gesicht, stand auf und lief wie eine Raubkatze im Käfig auf und ab.

Eva knetete ihre Hände. „Das stimmt, es ist nicht mehr zu ändern", murmelte sie und steckte sich zitternd eine Zigarette an. Dafür erntete sie einen sehr strengen Blick von Jan. Schlagartig wurde Eva bewusst, wie unpassend das Rauchen in der Nähe ihrer schwangeren Tochter war und sie drückte die Zigarette sofort wieder aus.

„Eva, du wirkst wirklich völlig durcheinander", meinte Linda. „Eine Zigarette darfst du dir aber in so einer Situation schon gönnen. Und hier ist ja gar kein Rauchverbot, sonst würden keine Aschenbecher bereitstehen." Linda runzelte ihre Stirn.

„Komm mal mit." Eva winkte Linda zu sich und ging mit ihr zum Tresen. Sie setzten sich auf Barhocker und Eva klärte Linda über Jettes Schwangerschaft auf.

„Oh, das ist ja mal eine erfreuliche Nachricht." Linda drehte sich mit offenem Mund zu Jette. Dann wendete sie sich wieder Eva zu.

„Wollen sie es denn behalten?"

Eva nickte.

Linda lächelte. „Es ist ja öfter so in Familien, ein Mensch geht, einer kommt. Als meine Mutter starb, wurde auch vier Monate später mein Neffe geboren", erzählte sie und bestellte sich einen Grappa. „Nun wird also unsere Jette Mutter ... Unglaublich!" Linda atmete durch. „Dann werde ich ja Stiefoma, oder wie nennt man das?"

Eva grinste ein wenig. „Ja, so nennt man das." Sie schmiegte sich an Lindas Schulter.

Karla wirkte sehr versunken und wischte auf ihrem Handy herum.

„Wie war es denn überhaupt mit deinem Vater?", fragte Sima leise und stupste sie an.

„Toll, aber auch schräg." Karla guckte zu ihrer Großmutter hoch. „Ich glaube, ich hab ihn voll gern. Aber lass uns lieber wann anders darüber reden, irgendwie passt das ja alles gerade schlecht." Sie zeigte Sima ein Foto ihres biologischen Vaters. Sima lächelte zaghaft.

„Lass uns zu Bett gehen", schlug Fritzi vor und stand ruckartig auf. Sie musste an die Begegnung mit ihrer Mutter in der Uniklinik nach der Abtreibung denken. Genau wie vor ein paar Wochen fühlten sich ihre Beine wieder wie Pudding an. Wenn sie ehrlich zu sich war, hatte Fritzi ihre Mutter oft für ihre Haltung bewundert. Sowohl was ihre politischen Ansichten betraf als auch ihren aufrechten Gang.

Die anderen erhoben sich auch und griffen sich ihre Taschen. Bea und Eva bezahlten die Getränke. Sie teilten sich die Rechnung. Gemeinsam mit den anderen trotteten sie zu den Aufzügen. Linda, Yasmina und Sima schwankten enorm. Der Alkohol setzte ihnen stark zu. Sie waren es nicht gewohnt, mehrere Schnäpse innerhalb weniger Stunden zu trinken.

Niemand konnte sich vorstellen, auch nur ansatzweise zur Ruhe zu kommen.

„Ich hab hier noch die Beruhigungstropfen von diesem Interventionsteam", krächzte Sima. „Möchte vielleicht jemand was davon haben?"

„Bei deinem Pegel keine gute Idee", belehrte Bea sie. „Aber ich werde ein bisschen was davon nehmen. In der Hoffnung, wenigstens ein bisschen Schlaf zu finden."

Alle zusammen stiegen sie in einen Fahrstuhl.

14 | *Zugabe*

Drei Wochen nach Hannes Beerdigung trafen sich die Schwestern in ihrem Elternhaus. Bea starrte auf das Schreiben vom Notar. Fritzi saß neben ihr und stützte ihren Kopf in die Hände. Eva stand am Fenster und schaute hinaus in den Garten.

„Ihr macht euch einfach immer viel zu viel Gedanken um die Kohle", entfuhr es Fritzi. Sie drückte ihren Rücken durch.

„Ach, du aber nicht, oder was? Wer stöhnt denn immer rum, dass der Ex nicht zahlt, dass alles teurer wird?", stichelte Bea.

„Okay, hast ja recht. Ich gebe zu, dass es merkwürdig ist, aus so einem Stall zu kommen und dann nichts davon zu haben", lenkte Fritzi leise ein.

„Leute, es wird irgendwie weitergehen, weil es immer irgendwie weitergeht. Ich kündige jedenfalls. Ich brauche das nicht, dieses Geschufte ohne Ende, und dann muss man noch auf sein Gehalt warten."

Eva fasste sich an den Hals und deutete ein Kotzen an. „Meine Wohnung soll ich nun auch verlassen. Der Boss wird da wieder einziehen."

Die Agentur *Budenzauber* war mit dem Lohn drei Monate im Rückstand. Auf dem Festival hatte es außerdem eine Razzia gegeben. Fritzi und andere waren wegen der Schwarzarbeit aufgeflogen und sollten nun Strafe zahlen.

Ihr Schwager Mark wollte versuchen, „sie da rauszuholen", wie er es ausdrückte.

„Ich kann dich verstehen, Eva. Eine Scheiß-Firma ist das", bestätigte Fritzi. „Besser, du klinkst dich da aus. Ist es eigentlich wahr, dass du mit Linda nach Griechenland gehen willst?"

Eva atmete tief durch. „Ich werde sie im September da besuchen und dann sehen wir weiter."

Eva und Linda dachten sogar darüber nach, zu heiraten, aber das mussten ihre Schwestern noch nicht wissen. Linda hatte auch vorgeschlagen, dass sie sich zukünftig alle jährlich in Gedenken an Hanne am 15. Juli in Berlin treffen könnten. Eva fand die Idee ihrer Partnerin sehr rührend.

„Das darf doch alles nicht wahr sein!" Bea zerknüllte den Briefbogen, der vor ihr lag und schmiss das Papierknäuel an das andere Ende des Tisches. „In eine Stiftung soll es gehen! Jedenfalls das, was von seinen Spielschulden noch übrig ist. Eine Stiftung für verarmte Seeleute, pfff." Sie haute mit der flachen Hand auf den schweren Eichentisch.

„Mensch, komm mal wieder runter. Was hast du denn erwartet?", bemerkte Eva kopfschüttelnd. „Du hättest es lieber den tapferen Frauen im Iran gegeben, oder?"

„Zum Beispiel", sagte Bea und verschränkte die Arme. „Aber es wäre auch ein gutes Gefühl gewesen, wenn er uns was vermacht hätte."

„Du brauchst doch gar nichts, Bea", grummelte Fritzi und erhob sich. Sie stellte sich neben Eva und schaute ebenfalls hinaus. In Hannes großem Garten blühten die Hortensien in voller Pracht. Vögel zwitscherten in den mächtigen Baumkronen. Das Leben lief weiter, nur ihre Mutter war nicht mehr da.

„Was ihr immer so denkt. Wir haben es auch nicht leicht. Marks Arbeitsplatz ist alles andere als sicher!" Beas Stimme klang dünn. Sie schenkte sich Rotwein nach.

Eva ging zu ihrer älteren Schwester und legte ihren Arm um sie. „Mach dir nichts draus, Schwesterherz. Auch du wirst noch kapieren, dass wir das Testament so akzeptieren müssen." Sie nahm ihren Arm wieder von Beas Schulter und stützte sich auf den Tisch. „Vielleicht hätten Alexander und ich Georg damals anzeigen müssen, als wir die ganzen Unstimmigkeiten in den Akten gefunden haben. Mir geht das öfter durch den Kopf, aber wer zerrt schon seinen eigenen Vater vor Gericht? Und was hätte das für Mama bedeutet? Es ist nun mal so, er war kriminell und spielsüchtig. Und wir werden kein riesiges Erbe antreten."

Bea schaute noch immer verbittert. „Kein riesiges? Es reicht gerade für Mamas Beerdigung. Den Rest kriegen diese Seebären."

„Zum Glück war die Trauerfeier schön. Viel schöner als die von Papa. War das Geld auf jeden Fall wert", sagte Fritzi. Sie ging zum Tisch und stopfte sich ein paar Salzstangen in den Mund.

„Stimmt, der Butterkuchen war köstlich. War ja auch vom exklusivsten Bäcker in ganz Hamburg." Bea lachte spöttisch.

„Wenigstens haben wir das Haus", sagte Fritzi. Sie zeigte um sich.

„In dem keiner von uns wohnen will", knurrte Bea. „Ist ja mittlerweile auch ziemlich runtergekommen. Und nach einer Renovierung wird das einen so hohen Preis haben, dass es bestimmt schwer wird, es los zu werden", orakelte sie.

Eva wurde zappelig. „Oh, da habe ich schon länger eine Idee!", verkündete sie aufgeregt. „Wie wäre es denn, wenn wir versuchen, es an die Stadt zu verticken - und die macht dann ein Kulturzentrum daraus! Stellt euch mal vor, hier könnten wirklich großartige Bilderausstellungen stattfinden, Treffen von Künstlerinnen und Künstlern, Vorträge, Lesungen, kleine Konzerte. Mama hätte das bestimmt gefallen."

Fritzi reckte den Daumen hoch. „Wow, cooler Plan, Eva."

„Habt ihr das zusammen ausgeheckt?", fragte Bea und schaute irritiert von der einen Schwester zur anderen.

„Nein, ich höre das jetzt auch zum ersten Mal", beteuerte Fritzi. „Wisst ihr was, ich habe eine Kollegin im Büro, die macht ehrenamtliche Arbeit im Kulturverein Außenalster. Sie träumt schon länger von so einem Haus. Vielleicht kennt die Leute, die wissen, wie man so was anstellt", fuhr sie fort.

„Ist doch super! Sprich mal mit ihr", bat Eva Fritzi.

„Ich will mich ja nicht mit euch streiten." Bea zeigte den beiden einen Vogel.

„Tust du aber!", riefen Eva und Fritzi wie im Chor und mussten lachen.

Bea rollte mit den Augen. „Sehr witzig."

„Lass das einfach mal sacken", sagte Eva und hakte sich bei Bea unter.

„Ich will in zwei Wochen mit Sima in die Türkei fliegen. Macht hier bitte keine Geschäfte ohne mein Einverständnis, solange ich weg bin", flehte Bea die beiden an.

„Was wollt ihr denn in der Türkei?" Eva riss die Augen auf.

„Vielleicht können wir von dort aus Simas Cousine zur Flucht verhelfen." Bea legte ihren Zeigefinger auf den Mund. „Aber bitte Stillschweigen!"

Eva und Fritzi zeigten beide eine Schwurhand.

„Wenigstens ist Mama ein Leben im Elend erspart geblieben." Bea betrachtete ihre olivgrün lackierten Fingernägel. „Wenn man bedenkt, dass unsere Mutter früher ständig etwas für Notleidende gespendet und Charity-Veranstaltungen organisiert hat."

Fritzi erinnerte sich daran, dass ihrer Mutter das Helfen immer gutgetan hatte. „Dank ihrer Großzügigkeit haben sich Menschen, die wenig hatten, über ein Geschenk oder eine Finanzspritze gefreut. Ich finde es auch super von Jette, dass sie jetzt doch die Skulptur gestiftet hat. Beim Festival ist eine hübsche Summe zusammengekommen. Sima hat schon einen Großteil weitergeleitet, habe ich gehört." Fritzi klopfte Bea auf die Schulter. „Und, Große, dein Einsatz in den letzten Monaten war schon cool! Die ganzen Dankesschreiben bestätigen das ja. So viel Unterstützung für die Iranerinnen! Ich bin stolz auf dich." Fritzi hob ihr Glas mit Apfelsaft.

„Ich auch." Eva nickte. „Mama fand dein Engagement immer klasse ..." Eva drückte Bea.

Die wand sich aus der Umarmung. „Puh, jetzt hört mal auf mit dieser Lobhudelei." Bea lächelte schief.

„Was würde ich darum geben, Mama jetzt noch mal in den Arm zu nehmen und ihren Duft einzusaugen. Letzte Nacht hab ich wieder von ihrem Sturz geträumt." Fritzi kamen die Tränen. In letzter Zeit war sie nah am Wasser gebaut.

„Schnuppern kannst du sie bestimmt noch", meinte Bea und stellte ihr Glas ab. Sie ging Richtung Flur und winkte ihre Schwestern zu sich. Fritzi runzelte die Stirn und guckte zu Eva.

„Komm mit!" Eva nahm ihre kleine Schwester an die Hand und sie stiegen gemeinsam mit Bea die Treppe hoch. Im Schlafzimmer waren die Vorhänge zugezogen. Bea machte Licht. Fritzis Blick fiel auf den alten Schaukelstuhl. Darin hatte sie oft gesessen, wenn ihre Mutter ihr vorgelesen hatte. Manchmal hatte sie sich auch unter dem Bett versteckt, wenn ihre älteren Schwestern sie mal wieder geärgert hatten.

Bea schlug die Tagesdecke zurück, die auf dem Bett lag. Sie zog ein Nachthemd hervor. Alle drei schnupperten daran und sogen den Duft ihrer Mutter auf. „Unglaublich, dass das noch so intensiv nach ihr riecht", staunte Fritzi.

„Ja, wunderschön." Eva nickte. Sie nahm das Nachthemd, faltete es behutsam und legte es wieder in das Bett.

Fritzi zog die Schublade einer Biedermeierkommode auf. Gestärkte, schneeweiße Leinentücher kamen zum Vorschein.

„Ey, willst du Mamas Tischwäsche klauen?" Eva spielte die Empörte.

Fritzi zuckte etwas zusammen und fischte dann zwei große Hefte aus einer anderen Schublade. „Quatsch! Das hier sind Mamas Reportagen und Geschichten. Wäre es okay, wenn ich die mitnehme? Ich möchte die mal ganz in Ruhe lesen." Sie hielt die Hefte hoch.

„Klar, mach das gerne", erwiderte Bea.

Fritzi wunderte sich über Beas Reaktion. Woher kam nur diese Sanftmut ihr gegenüber auf einmal? Bea hatte sogar von sich aus angeboten, die Jungs für ein Wochenende zu nehmen, damit Fritzi mit ihren Mädels an die Ostsee fahren konnte.

„Ich möchte die Texte dann aber auch mal haben, wenn du sie gelesen hast." Eva stellte sich neben Fritzi und linste auf die Kladden.

„Logisch." Spielerisch haute Fritzi ihre Schwester mit den Heften.

Eva öffnete die Vorhänge und riss das Fenster auf. Sie beugte sich nach draußen und atmete die Sommerluft ein. „Kommt, wir holen Jette und die Jungs vom Spielplatz und gehen Eis essen!", rief sie.

„Gut, ich bin dabei." Bea schaute auf ihren Fitness-Tracker und friemelte dann ihr Zopfband aus dem Haar.

„Können wir danach noch zum Friedhof fahren?", fragte Fritzi. „Lasse und Noah wollten gerne noch zu Mamas und Papas Grab."

„Klar, das machen wir. Oder, Bea?" Eva schaute zu Bea. Die nickte.

„Na, dann mal los!" Eva scheuchte ihre Schwestern wie Hühner nach draußen.

Danksagungen:

Mein besonderer Dank gilt:

Katja Völkel

Lena Lehmbeck

Maike Wrede

Samineh Rahmanian

Ashkan Afrand

Kerstin Svensson

Steffi Spieckermann-Lange

Dominique Sechi

Christian Arbeit, Union Berlin

Inke Jensen

Celina Lackmann

Neele Standke

Franka Standke

Leo Lühr-Eggers

Sönke Jäger

Alessandro Helmke

Sabine Brosowski

Dagmar Tobias

Harri Schulz

Peter Homann

Said Boluri

Verena Carl

Katharina Albers

FRAGMENTE EINER
FAMILIENGESCHICHTE

**Gewinnertitel des
Literaturfestes
Meißen 2022.**

Julia Gilfert
Himmel voller Schweigen
296 Seiten, Taschenbuch
mit Fadenheftung
ISBN 978-3-96887-012-0
18,80 EUR (D)

„Ich stelle mir vor, wie es wäre, wenn ich klingelte und er würde aufmachen. Mein eigener Großvater würde aufmachen, mitten in Berlin, 75 Jahre bevor ich hier stehe und klingle. Ich stelle mir vor, ich könnte ihm erzählen, was passieren wird. Und ihn dann davor bewahren."

Eine junge Frau träumt plötzlich von ihrem Großvater – einem Mann, den sie nie kennengelert hat und der in den Erzählungen ihrer Familie nicht vorkommt. Sie beginnt, Fragen zu stellen. Wie konnte ein Mensch derart sorgfältig aus dem Familiengedächtnis getilgt werden? Und vor allem: Warum? Von einer immer stärker werdenden inneren Verbundenheit zu ihrem Großvater geleitet, begibt sie sich auf Spurensuche. Ungewöhnlich, poetisch und berührend erzählt Julia Gilfert die Geschichte ihres Großvaters Walter, der der „Euthanasie" der Nationalsozialisten zum Opfer gefallen ist. Eine Geschichte, die auch ihre eigene ist.

Florian G. Mildenberger
Kein Morgen ohne Gestern
156 Seiten, Taschenbuch
mit Fadenheftung
ISBN 978-3-96887-019-9
14,80 EUR (D)

Die russische Prinzenfamilie – Rasputin-Mörder Felix
Jussopow samt Ehefrau Irina Alexandrowna Romanowna
und Tochter – befindet sich im April 1919 auf der Flucht
aus Russland und sitzt mit den letzten Repräsentanten des
untergegangenen Zarenreiches wortwörtlich im selben
Boot, dem Schlachtschiff HMS Marlborough. Überkom-
mene Konventionen und gesellschaftliche Wertvorstel-
lungen prallen aufeinander, das Verhältnis der Flüchtlin-
ge untereinander verschlechtert sich ständig. Und dann
gibt es noch Konstantin, der nicht gerettet werden konnte.

Fiktion? Wahrheit? Wer weiß das schon ganz genau. Bestens recherchiert, fantasievoll formuliert und überzeu-
gend konstruiert.

Das Werk, einschließlich seiner Teile, ist urheberrechtlich geschützt. Jede Verwertung ist ohne Zustimmung des Verlages und der Autorin unzulässig. Dies gilt insbesondere für die elektronische oder sonstige Vervielfältigung, Übersetzung, Verbreitung und öffentliche Zugänglichmachung.

Bibliografische Information der Deutschen Nationalbibliothek:
Die Deutsche Nationalbibliothek verzeichnet diese Publikation in der Deutschen Nationalbibliografie; detaillierte bibliografische Daten sind im Internet über http://dnb.d-nb.de abrufbar.

1. Auflage 2024   © Ultraviolett Verlag
Verlagsinhaberin: Katja Völkel
www.ultraviolett-verlag.de

Covergestaltung   Kerstin Svensson | https://kleider-kunst.com/

Layout   Steffen Klein, Jana Rogge
Lektorat   Lekto.Rat Katja Völkel
Druck   bookpress (PL)

ISBN 978-3-96887-029-8